**LE JOUR DE LA GOUTTE D'EAU**
*est le deux cent vingt-sixième livre*
*publié par Les éditions JCL inc.*

**Données de catalogage avant publication (Canada)**

Bohémier, Nathalie, 1980-
    Le jour de la goutte d'eau
    ISBN 2-89431-226-1
    I. Titre.
PS8553.O465J68 2000    C843'.6    C00-940628-X
PS9553.O465J68 2000
PQ3919.2.B63J68 2000

© **Les éditions JCL inc., 2000**
*Édition originale: avril 2000*

# Le Jour de la goutte d'eau

© **Les éditions JCL inc.**, **2000**
930, rue Jacques-Cartier Est, CHICOUTIMI (Québec) G7H 7K9
Tél.: (418) 696-0536 – Téléc.: (418) 696-3132 – www.jcl.qc.ca
ISBN 2-89431-226-1

# NATHALIE BOHÉMIER

# Le Jour de la goutte d'eau

*Roman*

LES ÉDITIONS JCL

*Nous reconnaissons l'aide financière du gouvernement du Canada par l'entremise du Programme d'aide au développement de l'industrie de l'édition (PADIÉ) pour nos activités d'édition. Nous bénéficions également du soutien de la SODEC et, enfin, nous tenons à remercier le Conseil des Arts du Canada pour l'aide accordée à notre programme de publication.*

*Je dédie ce livre à Mélissa Desrosiers.*
*Pour ces cartables si pleins de moi*
*qu'elle conserve en attendant ma célébrité (!),*
*et cette amitié qu'elle m'offre gratuitement,*
*depuis toujours.*

# Note de l'auteure

Ce livre, ainsi que tous ceux qui, je l'espère, suivront, puise sa source dans les dédales hasardeux de mon imagination. Il serait de ce fait erroné, voire farfelu, de croire que j'en suis l'héroïne malgré l'emploi du «je». Les écrivains imaginent, spéculent et s'enflamment souvent, mais ne sont sans doute que rarement les acteurs des tragédies qu'ils mettent en scène. D'ailleurs, les personnages de cette histoire, bien que parfois réalistes au point de ressembler, de près ou de loin, à des membres de mon entourage immédiat, ne se veulent en aucun cas la voix d'une vengeance concoctée volontairement dans le but de régler des comptes, mais plutôt un clin d'œil aux caractères multiples qui composent notre société.

Merci à mon père, ma mère et Jean-François, mon frère, pour l'aveuglement de leur confiance, sans quoi cette œuvre, de toute évidence, n'aurait pas vu le jour.

# Prologue

– *Adieu, dit-il à la fleur.*
*Mais elle ne lui répondit pas.*
– *Adieu, répéta-t-il.*
*La fleur toussa. Mais ce n'était pas à cause de son rhume.*
– *J'ai été sotte, lui dit-elle enfin. Je te demande pardon.*
*Tâche d'être heureux.*
*Il fut surpris par l'absence de reproches. Il restait là tout déconcerté, le globe en l'air. Il ne comprenait pas cette douceur calme.*
– *Mais oui, je t'aime, lui dit la fleur. Tu n'en as rien su, par ma faute. Cela n'a aucune importance. Mais tu as été aussi sot que moi. Tâche d'être heureux... Laisse ce globe tranquille. Je n'en veux plus.*
– *Mais le vent...*
– *Je ne suis pas si enrhumée que ça... L'air frais de la nuit me fera du bien. Je suis une fleur.*
– *Mais les bêtes...*
– *Il faut bien que je supporte deux ou trois chenilles si je veux connaître les papillons. Il paraît que c'est tellement beau. Sinon qui me rendra visite? Tu seras loin, toi. Quant aux grosses bêtes, je ne crains rien. J'ai mes griffes.*
*Et elle montrait naïvement ses quatre épines. Puis elle ajouta :*
– *Ne traîne pas comme ça, c'est agaçant. Tu as décidé de partir; va-t'en.*
*Car elle ne voulait pas qu'il la vît pleurer. C'était une fleur tellement orgueilleuse...*

Saint-Exupéry (*Le Petit Prince*).

# Mars

*Le malheur, ce n'est pas en soi d'être malheureux.*
*C'est plutôt de croire qu'on l'est.*

## Rupture

La peur d'être seule, voilà ce que c'est. Un trou béant qui saigne au fond de moi, qui vivote et qui survit sans mon aide. De proportion étonnamment démesurée, où gît mon âme morte de rien; inutile.

Quand l'amour que l'on éprouve n'a plus personne avec qui partager, jouer au plus fort, je me mets à trembler d'angoisse. Comme une épave, au fond de la mer, pour des siècles encore. Alors pourquoi est-ce que je reviens vers lui, chaque fois? Parce que c'est la sécurité, la tranquillité de n'avoir pas à s'en faire. Mais il me fait mal, avec l'absence d'esprit qu'il affiche librement devant moi.

Les secondes s'égrènent, et je sens bien qu'aucun de nous deux n'aura le courage de dire un mot. Cela s'appelle de l'orgueil, et inconsciemment nous savons aussi bien l'un que l'autre que c'est un concours, à savoir qui gagnera. Gagner quoi? L'autorité, l'assurance facile qui écrase l'autre comme une mouche. Une tache flasque marinant entre le jaune et le brun, sur un pare-brise d'automobile ou dans la fenêtre de la cuisine, pendant que quelqu'un prépare le souper...

Cette image, malgré moi, fait naître un sourire à la

commissure de mes lèvres. Et pourtant, cela ne reflète en rien ce que je ressens, les larmes au bord des yeux et le cœur au bord d'un gouffre sans fond. Il y a de ces moments, comme ça, où il vaut mieux jouer la comédie du rire faux que d'affronter sérieusement la tragédie dont on fait partie.

Je croise son regard, envoûtant par la dureté de ses traits. Je sens, je sais qu'il me jauge, et que le ton sur lequel il s'apprête à me répondre sera empreint de mépris, glacial comme l'iceberg qui flotte entre deux mondes, au nord de ce pays. L'amour devrait pouvoir se vivre également; non pas comme un marathon vers la victoire absolue.

Sa remarque vient comme une gifle, cinglante à souhait. Son « qu'est-ce qui te fait rire? », ponctué par une voix sèche et parsemée de colère, m'indique clairement qu'il a pris mon moment d'euphorie pour sien, qu'il se sent à présent comme l'objet de mire de mes sautes d'humeur.

Je ne sais que répondre, puisqu'il n'y a de toute façon plus grand-chose à dire, désormais. On en est aux adieux, déjà. Il ne reste plus entre nous que des souvenirs, impossibles à partager parce qu'ils ne sont pas tous beaux. En évoquer un joli raviverait la plaie vive du lendemain, laide à vous raidir d'effroi.

Je n'ai plus envie de partir, maintenant que j'y suis. Pourtant, j'attendais ce moment avec impatience, la tête froide et meurtrie. Je pensais avoir le courage de tout lui dire, de lui jeter à la figure ma hargne de l'avoir rencontré. Et voilà que je suis muette comme une carpe, moi qui supporte si mal le silence, d'ordinaire. Je ne sais pas comment mettre un point final à cette histoire, m'en retourner et me répéter que c'est vraiment la fin, cette fois.

Mes yeux se perdent dans le paysage qu'offre la minuscule fenêtre, et je secoue tristement la tête en voyant dégoutter la gouttière, signe irrémédiable que l'hiver tire à sa fin. J'essaie de me souvenir du blanc de la neige, de la pureté qui régnait alors. Dehors tout est gris, tout est sale, de même que mon cœur qui est pourri, crasseux partout dans ses oreillettes, ses artères.

Je suis si lâche, quand vient le temps de dire les vraies choses. Celles qui ont encore une signification, qui ne sont pas des formules toutes faites pour simplement endormir les gens. J'attends que le temps passe, et je ressasse au fond de moi un discours que jamais personne n'écoutera.

Je préférerais être ailleurs, pour engloutir ma peine. Je suffoque, dans cet endroit. Il vaudrait mieux être quelque part autre que dans ce petit restaurant miteux, où la teinte verdâtre des murs se reflète jusque dans mon assiette. Quelque part où nul ne s'intéresse à nos balivernes, nos engueulades. Et un plat de spaghettis, refroidi depuis longtemps par l'ambiance de cette tentative de discussion, avortée dans l'œuf.

Mathieu a poussé un soupir, que j'ai interprété comme de l'exaspération profonde de sa part. Il s'est calé plus profondément sur sa chaise, pensant peut-être et fort probablement à autre chose. Il a enlevé une poussière de son œil, l'a fait jouer entre son pouce et son index. Il me faudra faire vite, si je veux parvenir à capter son attention.

J'inspire profondément, puis expire à petits coups

saccadés. C'est mon procédé mental pour me ramollir le cerveau, quand je suis tendue. Un peu comme la nageuse synchronisée, juste avant de se lancer à l'eau. Avec le nuage de bulles qui s'ensuit; cet instant d'inconscience avant de donner le grand coup d'envoi. Et je retiens mon souffle, incapable soudain d'avaler la moindre particule d'oxygène.

— J'en ai assez, Mathieu. Ton mutisme, ton indifférence m'exaspèrent. Je m'en vais. Pour de bon.

Je tentais de m'imaginer ce qu'il pensait, ce que lui faisait l'effet de mes mots. Lui qui avait toujours su contrôler chaque minute de sa vie, de la mienne, était pris au dépourvu. J'agonisais, tant j'avais envie de le faire souffrir mille morts. J'aurais tellement voulu lui renvoyer les coups, les bassesses endurées pendant tout ce temps! Mon désir de vengeance était tel que je serrais fort ma fourchette, songeant presque à m'en servir comme d'une arme, contre lui.

Il m'a enfin regardée, et je me suis efforcée de détourner les yeux. J'aurais voulu plonger dans son regard, lui dire que je l'aimais. Pourtant, je savais fort bien que c'était la dernière chose à faire, car cela ne voulait strictement rien dire, pour lui. Qu'est-ce que l'amour, outre le piège où j'étais tombée un soir en même temps que dans ses bras? Du cynisme, peut-être.

Il s'est levé d'une allure hésitante, a fait quelques pas vers moi. Il a ouvert la bouche, a semblé chercher ses mots.

— Au revoir, alors. J'ai été content de dîner avec toi.

J'aurais voulu le retenir, lui crier qu'il n'avait rien

compris. J'avais mal au cœur, le monde autour de moi semblait chavirer. C'était sans espoir... il était déjà parti.

La terre continuait de tourner, à mon grand désarroi. La serveuse est venue m'annoncer que monsieur avait réglé l'addition, et j'ai levé un œil soupçonneux. Il avait vraiment fait ça? Enfin, si elle le disait... J'ai soulevé la masse drôlement lourde qu'était devenu mon corps, et marché mécaniquement jusqu'à la sortie. Que faire, rendue là?

Je n'étais plus vraiment maîtresse de moi-même, sur l'heure. Mon intérieur s'affolait, se démenait comme un diable. J'étais le chien qui courait après sa queue, la tempête dans un verre d'eau. Le geste héroïque qu'il me semblait avoir fait était gâché par la culpabilité qui m'assaillait, et l'ambiguïté de mes phrases qu'il n'avait aucunement saisies.

Inspirer, expirer. Ne pas penser à autre chose, surtout. Faire le vide en moi, compter jusqu'à dix en fermant les yeux. En espérant, quand je les rouvrirais, découvrir que tout cela n'était qu'un cauchemar, un extrait de film classé « B », du genre qui me déplaisait souverainement.

Dehors, je me suis assise sur un banc, devant la vitrine d'un magasin d'aliments naturels. Une pancarte, sur la devanture, promettait la fontaine de jouvence à qui essaierait tel ou tel produit. Et je me suis sentie vieillir de dix ans, tout à coup. J'aurais pourtant dû avoir encore le droit de rêver, à mon âge. Mais il avait tout gâché, tout détruit. Je ne me souvenais plus très bien du début de notre histoire, aujourd'hui. Il aurait peut-être fallu aller m'acheter un échantillon de ce produit miracle, moi aussi.

### Acharnement

Un coup aigu, un coup grave. Le premier bref, sans écho, le deuxième allongé, qui a résonné pendant dix ou quinze secondes. Et la répétition acharnée du signal envoyé, comme un code morse.

Cette analyse de ma sonnette d'entrée m'a empêchée de me demander de qui elle provenait, et je me suis bercée d'illusions en songeant qu'il me fallait me rendormir, maintenant.

Le sonneur s'est découragé, mais je n'ai pu retrouver le sommeil, ensuite. Mentalement, je l'ai traité de chasseur d'étoiles. Mon rêve valait mieux que lui, j'en suis persuadée. Seulement, je n'arrivais plus à me le rappeler. Marchand de sable, tu ne pouvais pas faire une exception, pour moi? Quelques heures de nuit, encore un peu...

Je me suis assise péniblement sur mon lit, les yeux seulement entrouverts et les muscles encore tout crispés. Le radio-réveil sur ma table de chevet marquait dix heures et demie.

La levée du corps est le geste le plus fatigant d'une journée, à mon avis. C'est une nouvelle naissance, une courte vie qui durera moins de vingt-quatre heures. Chaque jour qui s'achève est une mort lente, une dépression qui engourdit notre carapace jusqu'au lendemain. Et chaque matin apporte avec lui l'espoir d'être meilleur qu'hier, un affront contradictoire entre la nébulosité de deux moments qui diffèrent par le degré d'entrain que nous y mettons.

Le tapis me chatouille les pieds, pendant que je

cherche à tâtons un chemin pour me rendre à la salle de bain. Inutile de m'adresser la parole, je ne suis même pas encore éveillée. C'est un choix que je fais de me dire bonjour en premier, en tête à tête avec le miroir. Une marque de respect envers moi-même, de ne pas brusquer les choses en me forçant à être lucide dès les premières secondes de mon entrée dans le monde des vivants. L'éclat de la lumière constitue déjà une agression, un attentat contre la douce moiteur de ma chambre.

Je suis entrée dans la douche en savourant le plaisir du frisson qui parcourait ma peau, la volupté de l'eau qui caressait mes sens. Je suis amoureuse de l'eau, il faut que j'avoue. Cette sensation d'irréalité, d'apesanteur me ravit chaque fois qu'elle me touche. L'eau chaude m'enveloppe, me garde contre elle d'une façon toute maternelle. Et les effluves qu'elle donne aux savons et aux shampooings me font sourire, le sourire le plus important de la journée puisqu'il porte le premier titre. Si je suis assez égoïste pour le garder pour moi seule, c'est qu'il est la seule preuve que je m'appartiens encore.

Libre à moi de penser, maintenant. De faire une récapitulation mentale de la veille, pour améliorer mon état névrotique et obsessionnel.

Il faut être forte, pour vivre. Et hypocrite, pour bien vivre. Je ne suis rien de tout ça, et malheureuse comme les pierres, quoique la comparaison ne soit pas vraiment adaptée à mes sentiments. Les pierres sont sans doute mieux loties que moi, qui végète dans l'inaction depuis déjà l'éternité.

Il m'aurait fallu penser à Mathieu, si j'avais eu une

certaine dose de courage. Je lève mon drapeau blanc, car ce matin je n'ai pas envie de m'infliger tout cela. Résonnent encore dans mes tympans les pleurs, les cris étouffés et la souffrance. C'est bien assez pour me donner simplement envie de me blottir contre mon oreiller, à attendre que la vie passe et qu'elle me fiche la paix.

Il est onze heures, et nous sommes samedi. Je n'ai pas envie de me battre, aujourd'hui. Partir en guerre contre la Vie, à d'autres. En passant dans le salon, j'ai vu une enveloppe au pied de la porte. Elle était de Mathieu, qui me donnait rendez-vous chez lui, ce soir. En tremblant de peur, j'ai décidé de ne pas m'y rendre. Tout simplement. Il y aurait des représailles, mais d'ici là j'aurais eu le temps de reposer mon corps, avant que l'enfer ne recommence.

La Vie jouait avec moi, et elle gagnait. Il était déplorable qu'elle ne veuille pas se faire alliée, quelquefois...

Je suis allée me recoucher, ensuite. Dans mon cocon, mon espace vital où nul ne pouvait pénétrer. Ma chambre, pour ainsi dire. Sans penser, sans présager la suite des événements. Trop longtemps que le passé dévore le présent pour que je n'ignore pas ce qu'est le futur. Mais je banalise les choses, je les rapetisse pour ne plus les voir, les sentir.

Mes parents sont partis se faire rôtir sous le soleil des Tropiques, et ne seront pas de retour avant deux semaines. Ma santé ne les intéresse pas, mon adolescence non plus. Ils me considèrent à la fois femme et enfant, idiote et responsable. Chaque jour est un appel au secours, auquel ils ne répondent pas. Je n'attends pas de réponse. Juste un peu de réconfort, comme quand j'étais toute petite et à l'abri du monde.

Je me suis endormie sur cette pensée, sur la signification réelle de dix-huit ans sur Terre. Adieu, monde cruel. Un refrain, pourtant, flottait au-dessus de mon âme. En fait de gaieté, on aurait pu faire mieux.

Je ne sais pas qui est l'auteur de cette chanson. Fabienne Thibeault l'interprète superbement, et c'est sa voix que j'entends quand j'y pense.

*J'ai la tête qui éclate*
*J'voudrais seulement dormir*
*M'étendre sur l'asphalte*
*Et me laisser mourir*

*Stone, le monde est stone*
*Je cherche le soleil*
*Au milieu de la nuit*

(...)


### Routine

D'apparence calme, je fredonnais un air dont je ne savais pas les paroles. Pour ne pas éclater en sanglots, car ç'aurait été me trahir. Cela n'aurait pas été utile de me mettre à pleurer. Et ridicule, surtout.

Tout tombait en ruine, ici. Le plancher craquait, les marches s'enfonçaient sous nos pas, les ressorts des lits grinçaient et s'agrippaient à notre peau. Des bouteilles de bière, vides depuis des lustres, traînaient un peu partout dans la maison. Et la puanteur qui régentait l'endroit était répugnante. Je n'avais pas le choix, pourtant, d'endurer tout cela. Il me fallait bien payer.

À tout hasard, j'ai fait un peu de ménage, ici et là. Mathieu m'a arrêtée d'un geste, m'a empoignée jusqu'à ce que le sang cesse de circuler dans mon bras. Je me suis débattue dans la mesure de mes moyens, pour me voir accorder une trêve. Provisoire.

Il m'avait fait venir ici, sans que je puisse y couper une seconde fois. Je préférais ne pas songer à ce qui aurait pu m'arriver, si je m'étais à nouveau rebellée contre lui.

Je savais déjà la suite de l'histoire, dès le moment où je mettais les pieds ici. Seulement, il décidait de faire durer le supplice, de me rendre nerveuse et faible. Cela l'amusait de me faire patienter, de jouer sur ma corde sensible comme si elle lui appartenait. Il adorait ce jeu de sentiments, cette attente lancinante qui précédait le martyre; sa jouissance. Moi, je me blindais, j'arpentais la pièce sans relâche. Et chaque fois, sans exception, je me disais que c'était la dernière.

Je prévoyais ses mouvements avant même qu'il ne les fasse, et mes muscles se tendaient en le sentant bouger. Je serrais les dents, en attendant. Il m'a demandé de m'asseoir, sans tonalité dans la voix. Cela m'a effrayée, j'ai écarquillé les yeux. Et lorsqu'il s'est levé, je me suis enfoncée dans le sofa avec l'extraordinaire volonté de devenir transparente, soudain.

Il n'a pas souri. Moi non plus. Ce dont il avait envie, nous le savions tous les deux. Et la façon dont il s'y prendrait ne nous était aucunement inconnue, pour l'un comme pour l'autre. J'ai fermé les yeux, une larme a roulé sur ma joue. Elle m'a échappé. Une claque a retenti, car je n'avais pas le droit d'être triste.

Il m'a demandé de le déshabiller, de l'exciter comme si j'en avais envie. Malgré moi, mon dégoût et ma honte, je me suis trémoussée devant lui, me suis frottée comme la plus ignoble des filles. Je ne le regardais pas, mais il s'en fichait. J'avais dans la tête d'autres paysages, des rêves impossibles. N'importe quoi pour ne pas être là et faire ce que je faisais. Il m'a demandé de dire des mots, de m'agenouiller et de gémir. Il m'a retournée sans douceur, m'a rouée de coups en criant de plaisir. Puis, en un soubresaut douloureux, il s'est affalé sur moi après être enfin venu. L'éternité, ici, ne dure pas plus de dix minutes.

Il s'est levé, sans me regarder. S'est roulé un joint, l'a allumé. Sans prendre la peine de m'en offrir, sans même se rappeler que j'étais encore là. Son sourire s'est élargi, les nervures de ses yeux sont devenues presque incandescentes. Je sentais qu'il planait, et que l'heure était venue de m'en retourner chez moi. Enfin.

J'ai ramassé mes vêtements, tête baissée. Le cerveau vide, l'âme engourdie. La solitude de ma maison était apaisante, après la violence de Mathieu. J'ai fait le calme, en fixant un point indéterminé devant moi. Ce qui venait de se passer était normal. Juste normal. Une habitude que l'on prend avec le temps, sans prendre celui de se demander pourquoi.

Je voudrais n'être pas, n'être plus. La mort me drape de son manteau glacial, et me laisse placidement tomber sur une chaise. Est-ce vrai qu'au bout du tunnel il y a la lumière? Personne pour me répondre.

Mais pour mourir, il faut avoir du courage. Et je n'en ai pas une once, évidemment. Pas la moindre force, seulement cette lâche volonté qui me talonne jour et nuit.

Mon grand-père disait, quand j'étais petite, que c'était moi qui détenais le pouvoir, le monde sur mes épaules. L'étincelle qui brillait à ce moment-là dans mes yeux était celle de l'espoir, de l'avenir. J'ai bien grandi, depuis. Dommage.

Une douleur me tiraille, entre les cuisses. Comme un feu qui brûle, qui ravage tout sur son passage. J'ai constaté que Mathieu avait fait du joli travail. En enlevant mes sous-vêtements, un filet de sang a coulé sur le plancher, provenant d'une entaille d'environ un centimètre.

D'impuissance, j'ai levé les yeux au ciel. Il est dommage, en effet, que je ne sois plus cette enfant forte dont mon grand-père parlait avec tant de fierté. J'aurais pu alors me débattre, changer quelque chose à ma condition. Je ne suis plus qu'un lambeau, simplement bonne à m'apitoyer sur mon sort. Mais il vaut mieux que cela vienne de moi que des autres, sans aucun doute.

### Rencontre

Il pleut. Il pleut à boire debout, ou à faire rager les quelques centres de ski encore ouverts... Mais moi, j'aime quand il pleut, je trouve qu'il y a quelque chose de miséricordieux dans les larmes du ciel. Le ciel gris a un goût de folie, de délire pur et simple. Il donne envie de sortir sans rien sur le dos, pour aller crier toute la peine du monde à ce bon Dieu qui existe peut-être. La mienne, surtout.

Je n'ai pas beaucoup dormi, la nuit dernière. J'ai écrit des tonnes de choses infectes, que j'ai jetées par la suite. La colère est un vice qui ne sert à rien. On ne lave pas le sang par le sang; on le lave avec l'eau.

J'ai passé une journée de dingue, à raser les corridors du cégep. Même s'il était peu probable que je rencontre Mathieu, j'ai évité les regards, les questions. Il aurait suffi que quelqu'un me demande quelles étaient ces ecchymoses sur mes bras pour que je me trahisse et m'embourbe dans mes mensonges, et qu'il devine la vérité.

Je n'ai pas beaucoup d'amis, heureusement. Je préfère encore la solitude que de supporter l'hypocrisie des gens, du genre féminin surtout. Je suis timide, c'est peut-être l'explication. Face à l'étalage d'autant de pacotille, je préfère demeurer sobre. Les coups d'éclat, la fausse pudeur me laissent froide.

Je suis revenue chez moi, où un message sur le répondeur m'attendait presque impatiemment. Ma mère avait attrapé quelque chose, ils allaient être de retour plus tard que prévu. Ils étaient désolés. Pas autant que moi. Ils allaient aussi m'envoyer de l'argent, une somme substantielle pour survivre tout ce temps. Merci, chers parents.

Tranquillement, je me suis installée sur le sofa avec un livre à peine entamé. Mais je n'ai pas eu le temps de tourner une page que la sonnette d'entrée a fait des siennes, dérangeant du coup mon amorce de ressourcement.

J'ai ouvert la porte et aperçu, ou plutôt entrevu un garçon derrière un immense bouquet de roses rouges, l'air bien embarrassé de son ingénu fardeau. J'ai pris les fleurs, me suis empressée de les mettre sur la table. Puis je me suis retournée, et suis tombée nez à nez avec un superbe garçon d'à peu près mon âge, aux grands yeux verts aussi innocents que ceux d'un bébé le jour de sa naissance.

— Ces fleurs sont pour une dénommée Sarah Lévesque. C'est vous?

Il avait de belles dents blanches, la voix douce et suave d'un acteur américain dont je n'arrivais plus à me souvenir le nom. Un malaise s'est installé, qui m'a donné envie de fuir.

— C'est moi, en effet.

L'air que j'avais n'était pas celui que l'on attendait de quelqu'un qui recevait des fleurs. Il le sentait, et regardait ailleurs.

Je considérais mon bouquet, quelque peu étonnée. Les roses étaient mes fleurs préférées, depuis toujours. Leur harmonie, leur complexité me faisaient penser aux femmes et à leurs méandres, souvent. Mais surtout, elles représentaient pour la plupart des mots que quelqu'un n'avait pas eu le courage de dire. Des sentiments voilés, mais si évidents.

Celles-là étaient rouges, et j'ai pensé, comme le voulait la formule universelle, à l'amour. Moi, si j'avais eu le courage d'en envoyer seulement une à quelqu'un, je l'aurais choisie jaune, parce qu'elles sont si jolies de cette couleur. Et si peu sérieuses, il me semble.

J'ai cherché, sans trouver personne pour m'aimer

autant. Une douzaine de roses rouges auraient pourtant dû être symboliques...

Le livreur se tenait toujours debout, près de la porte. Il tapait du pied discrètement, ayant peut-être deviné les pensées étranges qui m'habitaient. Je m'imaginais que sa beauté ne devait laisser personne indifférent. Elle glissait sur moi comme une évidence que je ne réalisais pas, s'infiltrait dans les pores de ma peau sans jamais m'atteindre.

Après m'avoir demandé de signer le constat de livraison, il m'a saluée gentiment, est reparti et a laissé la maison vide, comme s'il était parti avec quelque chose d'important. J'ai cherché quoi, mais je n'ai pas trouvé.

L'auteur de ce cadeau n'était nul autre que Mathieu, évidemment. Il y avait un petit carton, dans une enveloppe, greffé au papier d'emballage. Dessus, il était écrit ceci : « Elles te ressemblent. » J'ai regardé les roses et ne les ai plus trouvées belles, tout à coup. Elles avaient un parfum de tendre poison.

Mon cœur s'est brisé en mille morceaux et les larmes se sont mises à couler, goutte à goutte sur la moquette. Une main posée sur mon épaule m'a fait sursauter, et j'ai eu la surprise de voir réapparaître le livreur de fleurs, qui est resté là sans bouger.

— Vous avez oublié quelque chose? lui ai-je demandé en reniflant.

Il a éludé ma question et m'a prise dans ses bras, où je me suis sentie toute petite tant il semblait grand et fort. Je me suis éloignée légèrement, me suis assise sur le divan en regardant tomber la pluie.

— Vous êtes belle quand vous pleurez, on vous l'a déjà dit? a-t-il glissé à mon oreille dans une tentative pour me faire sourire.

— Je ne pleure pas assez souvent pour que quelqu'un ait jamais eu l'occasion de me le faire remarquer, ai-je porté comme observation en souriant presque. D'ailleurs, j'ai honte de constater que vous êtes mon premier spectateur, ai-je ajouté en une piètre tentative d'excuse.

— Il ne faut surtout pas avoir honte, vous savez. Les larmes sont un signe de force, d'acceptation de sentiments. Ceux qui passent leur vie à retenir leurs pleurs la finissent névrosée, dans un lit d'hôpital.

Je ne savais rien de lui, et voilà qu'il me chantait des balivernes qu'il ne croyait sans doute même pas lui-même. Du revers de ma manche, j'ai essuyé ce qu'il me restait de larmes. Je détestais pleurer, plus que tout autre chose, devant un étranger.

— C'était donc un si grand amour, pour vous avoir causé tant de chagrin? m'a-t-il demandé d'un ton inquisiteur, comme si la question pouvait vraiment l'intéresser.

— Non. Enfin... peut-être. Oui, en fait.

Il m'a regardée, a hoché gravement la tête. Sans avoir à comprendre, il pouvait tout de même se douter que je n'avais pas vraiment envie de parler de tout ça. Je voulais le remercier de m'avoir prise dans ses bras, mais ç'aurait été l'inviter à me poser d'autres questions, auxquelles je ne pouvais répondre.

— Ce sont tout de même de superbes roses...

J'ai souri de sa curiosité, que je n'allais pas étancher.

26

J'en aurais eu besoin, pourtant, mais avec lui c'était impossible. Il n'avait pas les qualités requises pour devenir mon ami. Pas avec toutes les suppositions qu'il glissait depuis tout à l'heure dans ses phrases. Ma méfiance ne dormait pas très loin; je la trimballais avec moi où que j'aille, et quoi que je fasse.

— C'est un cadeau de Lucifer, il est empoisonné, ai-je répondu catégoriquement. Mais au fait... vous ne m'avez toujours pas dit pourquoi vous étiez revenu chez moi.

L'air piteux, comme un enfant pris en faute, il a désigné la table du doigt.

— J'avais oublié mon crayon... Au fait, je m'appelle Alexis. Alexis Deschênes.

Il est reparti, me faisant promettre d'aller le saluer si un jour je passais devant sa boutique. Maintenant, je savais pourquoi la maison semblait vide. Il n'était tout simplement plus dedans.

### Chinoiseries

Mes roses se sont fanées, depuis. Elles sont devenues le reflet de leur propriétaire, éphémères. Et j'ai continué de vivre sans elles, sans lui. Je savais qu'il pouvait réapparaître à tout moment, se glisser dans ma vie aussi subtilement qu'un dinosaure. Je me sentais le cœur traqué, les muscles endoloris. Mais personne ne l'aurait cru, à voir le sourire que j'affichais en permanence. Cette image que les gens avaient de moi, de cette petite rouquine qui flottait au-dessus de tout ça n'était pas conforme, pourtant. Je lui ressemblais sans doute un peu, mais j'étais à fleur de peau et si fragile, quelquefois.

La morosité est normale, semble-t-il. Une société stéréotypée, dont les particules sont toutes plus ou moins conscientes mais où personne ne sort plus dans la rue pour manifester son désaccord, quel qu'il soit. On dort debout, endormis par de belles histoires.

Mathieu était un conteur d'histoires, et il excellait dans cet art. Il le cultivait, le maniait à la perfection. Et ce qui me transperçait, me déchirait et me broyait en petits morceaux, ce n'était même pas toutes ces choses qu'il se plaisait à m'infliger. Les blessures physiques sont superficielles, alors que celles psychologiques s'incrustent et ne partent pas.

Toutes ces filles, à ses basques. Pas une qui ne se doutait du sort qui l'attendait, et celles qui le savaient se gardaient bien de prévenir les autres. Mathieu avait un harem, si l'on pouvait appeler ainsi ces groupies qui s'accrochaient à lui comme des sangsues. De pauvres filles qui ne méritaient pas d'être ainsi maltraitées, pareilles à moi probablement.

Je n'allais jamais leur parler. Il y avait trop longtemps que j'endurais tout cela pour confier à quelqu'un toute cette histoire. Je n'aurais pas su, seulement, par quel bout commencer. Et avant de pouvoir consoler qui que ce soit, il aurait d'abord fallu que je sois capable de me sortir moi-même de mon marasme.

Je travaille dans une petite boutique, au centre-ville. Une friperie de luxe, de vieux vêtements recyclés qui en devenaient de neufs. L'affaire n'est pas sur le bord de la faillite, et elle me permettra d'accumuler un pécule pour le jour où je n'aurais plus le choix. Bientôt. Ma patronne n'est pas un modèle de gentillesse, mais le salaire qu'elle me verse vaut bien ce que je fais. Je suis seule, la plupart du temps. Je ne travaille que trois fois par semaine, pour achever mes études avec succès. Et j'ai librement le temps de penser, de me remettre à l'ordre.

La ville est ma seule consolation. Sans elle, j'aurais sans doute cessé de respirer. Montréal est un baume sur mes pires souffrances, parce que Montréal est sincère. Se balader, au travers de tous ces gens qui ne s'occupent guère de moi, et les regarder vivre de toute leur force. Survivre, pour certains.

Moi, je vis dans un paradis artificiel. Ce n'est plus vraiment Montréal, en fait. C'est la montagne qui domine la ville, Westmount dans toute sa splendeur. Des baraques de millionnaires, dont mon illustre géniteur fait partie. Des maisons cossues, bon chic bon genre. Ce n'est pas la vraie vie, non, mais plutôt une bulle qui lutte pour être plus belle encore que celle de son voisin. Nous ignorons parfaitement, là-haut, comment vivent ceux d'en bas. Les pauvres, ou les gens normaux. Eux savent bien, pourtant, ce que nous sommes. Ils travaillent pour nous.

J'aime, pour ma part, me promener sur Saint-Denis, les jours de grand soleil. J'adore les petites rues, de Bordeaux et Wurtele. Je m'invente des mondes, des vies derrière les maisons à trois étages collées les unes sur les autres. Je ne suis pas riche dans l'âme, moi.

Une grosse femme, dans la quarantaine, avance comme un pingouin au milieu du trottoir qu'elle occupe presque au complet. Elle porte un turban bleu, une jupe fripée dans les tons orangés. Ses énormes lunettes au contour vert grenouille me la rendent immédiatement sympathique. Je lui ai adressé un sourire, qu'elle m'a retourné timidement. Les gens ne sont plus guère habitués à ces marques de gentillesse de la part d'une étrangère telle que moi.

En la regardant partir, je n'ai pas vu arriver Alexis, dans l'autre sens. Des pensées dérisoires m'ont détournée du monde réel, aussi austère que flegmatique. Son sourire sincère offrait une compensation frappante avec le canevas plutôt sombre que je me faisais de cette journée de début de printemps, où la neige ne ressemblait plus qu'à un amas de calcium brunâtre qui disparaissait encore trop lentement à mon goût.

Sans détour, il m'a demandé si j'étais libre ce soir. Étrange, comme question. Ne rien faire, ou être célibataire implique-t-il nécessairement la liberté? Car alors, je n'étais enchaînée que par ma propre volonté. Parfaitement libre.

Je ne savais pas ce qu'il faisait ici. Ni ce qu'il voulait de moi. Une fille, sur un sofa, avait pleuré les larmes du mépris de sa propre personne. Un livreur de fleurs, témoin de la scène, avait offert gentiment ses bras en guise de consolation. Cela suffisait-il pour qu'il se donne l'autorisation de prendre rendez-vous? Se croyait-il donc sauveur d'âme esseulée, ou avait-il vu autre chose en moi que ce désespoir sans fond? J'ai répondu par l'affirmative à son invitation.

Il ne fallait surtout pas qu'il se méprenne sur mes intentions, pourtant. Il n'était pas question que je donne suite à sa courageuse façon de m'aborder, même si le menu me semblait plutôt alléchant. Mais la beauté d'un plat et la saveur de son contenu étaient deux éléments distincts qu'il valait mieux ne pas confondre. Aussi allais-je me contenter de me répéter le prix, au cas où il me prendrait l'envie idiote de commettre un vice terrible : la gourmandise.

Bien sûr, Alexis n'était pas un imbécile. Il savait faire plaisir sans avoir l'air d'y attacher de l'importance. Cela m'amusait de le voir observer mille manières envers moi, qui n'avais dit oui à son invitation qu'à titre amical. Ou presque.

Il m'a emmenée dans un minuscule restaurant chinois, avec la ferme intention de me faire expérimenter les baguettes comme mode dégustatif. Et c'est dans une délectable confusion que nous nous sommes débattus avec notre riz, nos traditionnelles nouilles chinoises et cette espèce de pâtée qu'on osait pourtant appeler chowmein. Même si la nourriture n'était pas exquise, le fou rire qui a alimenté le repas valait à lui seul le déplacement. Et je n'ai pensé à rien, pour la première fois depuis des mois. J'ai oublié Mathieu et son caractère ordurier, j'ai oublié ma tristesse et laissé couler le rire que je cachais depuis si longtemps derrière mes larmes. J'ai même oublié Alexis, qui avait pourtant réussi à me faire peur avec ses yeux doux. Tout n'était que parfait, et j'aurais voulu que le moment soit éternel.

Sans rien demander, Alexis est venu me reconduire chez moi, après une longue promenade dans la nuit encore fraîche à cette période de l'année. Il ne m'a demandé ni mon numéro de téléphone, ni s'il pouvait monter prendre un verre. Il a respecté mon silence, mon indifférence feinte à son égard.

Dans sa voiture, il a mis la trame sonore du film *La*

*leçon de piano.* Sans deviner qu'il venait de toucher là une corde sensible, il s'est mis à fredonner l'air d'une mélodie encore plus belle que celle de mon souvenir. Et j'ai détourné la tête, une nostalgie envahissante à l'esprit.

Encore un peu, et je savais que je me serais laissé apprivoiser. S'il avait su les bons mots, s'il avait fait les bons gestes. Mais d'abord, il aurait encore fallu que je laisse sa chance au coureur.

### Dilemme

La larme qui roulait sur ma joue n'avait rien à voir avec la tristesse. Et celles qui la suivaient non plus. Depuis le temps que j'en avais envie, voilà que je m'offrais à moi seule un pèlerinage aux tréfonds de moi-même, à la recherche de ce qui pouvait contribuer à me rendre heureuse. Je ne savais pas si l'amour, somme toute, pouvait constituer une part de bonheur.

Cela m'est arrivé ce matin, sans crier gare. La douleur, la peur atroce d'être à jamais immunisée contre les sentiments m'ont fait éclater en pleurs, et je n'ai pas arrêté depuis. Il est maintenant trois heures de l'après-midi, et la clarté qui s'entête à persister décline, peu à peu.

Alexis, hier, m'a forcée à réfléchir. Je lui en veux peut-être un peu pour cela. Mais je sais bien qu'au fond, il n'a en aucun cas usé de volontariat. Ses paroles n'étaient après tout que dure sincérité. J'aurais préféré qu'il ne s'aventure pas trop sur mon terrain. Cette soudaine gentillesse m'emplissait de terreur, par crainte de fin prévisible.

Je ne lui ai rien raconté de ce qu'était ma vie. La force m'a abandonnée bien avant, je l'admets. Mais Mathieu, la vie qu'il m'a obligée à supporter n'avaient pas leur place dans une soirée où le ton était léger, et où l'occasion de me détendre m'était si gentiment offerte.

Ils ont téléphoné, tout à l'heure. Un après l'autre. Je n'ai pas été particulièrement tendre envers le premier, désespérée de l'entendre se montrer si peu compréhensif. Alexis ne l'affectait pas; il était sûr de son pouvoir sur moi. Et quand j'ai entendu, au bout du fil, la chaleur de la voix d'Alexis, j'ai été près de m'effondrer.

Pour l'instant, il était plus juste de dire que je n'avais envie de ni l'un ni l'autre, dans ma vie. Car l'un en aurait voulu à l'autre d'être là, et il n'était pas besoin d'être bien perspicace pour le deviner.

Je n'ai pas parlé longtemps à Mathieu. J'ai été ferme, pour ne pas qu'il sache le tremblement de mes mains. Il a toujours su profiter de mes faiblesses, m'assener un coup de poing là où ça faisait le plus mal. J'ai raccroché en songeant au meurtre, me suis contenue en songeant que ça n'arrangerait rien, évidemment.

Je n'ai guère été plus loquace avec Alexis, me remettant péniblement de ma conversation avec l'autre. Il n'aurait pas vraiment pu comprendre, je crois. Ces deux garçons, qui tenaient, chacun à leur façon, une place importante dans ma vie, n'étaient en aucun cas compatibles. Alexis, avec son image de gentil garçon de bonne famille. Sa vie à lui était sans doute planifiée à la lettre, avec des parents merveilleux qui lui lisaient une histoire tous les soirs, quand il était petit. Mathieu provenait d'un milieu beaucoup plus dur, où la ouate était un élément qui n'existait pas.

Je suis moi-même une gosse de riche, évidemment, mais l'argent est bien loin de garantir ce bonheur auquel j'aspire. Mes parents n'ont jamais été là, d'aussi loin que je me souvienne. Toujours en voyage, où ils ne m'emmènent pas. Je me suis habituée aux gardiennes, à la cage de verre dans laquelle ils me tenaient enfermée, mais jamais au manque d'amour, contre lequel je me suis forgé une carapace.

Le travail que je me suis trouvé dans la boutique leur est inconnu. L'argent qu'ils me donnent est une façon un peu traître de se disculper de leur absence, et je ne l'emploie que pour mes besoins les plus essentiels. Ce que je gagne est mis de côté, soigneusement, pour le Jour de la goutte d'eau. Lorsqu'elle déborderait du vase déjà bien rempli qui constituait la grande majorité de mon existence.

# Avril

## Nausées

J'étais bien, j'étais tranquillement assise devant mon petit déjeuner. Des œufs, des toasts et du bacon. J'avais tout mon temps, ce matin. Pour une fois. En lisant le journal, qui racontait la probabilité d'une autre guerre très loin de chez moi, je ne me doutais pas de la puissance avec laquelle ma journée allait irrémédiablement être gâchée. Encore une fois.

Une crampe m'a traversé le ventre, comme un courant électrique qui passerait très vite, juste pour qu'on se demande si on ne rêve pas. Trêve de plaisanterie, mon estomac s'est mis à jouer une samba dont je n'étais pas maître, et a remonté mon œsophage mû par une étrange pression. Assez désagréable, du reste. J'assistais, impuissante, à cette rébellion de mon corps, lorsque j'ai soudain pensé à courir, jusqu'au-dessus de ma toilette. Éclair de génie, s'il en fut. Mes œufs, mes toasts et mon bacon sont sortis par où ils étaient entrés, formant une bouillie assez consistante tirant sur l'orangé.

J'ai grandement inspiré, ensuite, et me suis affalée sur la chaise la plus proche, comme si vomir m'avait enlevé toutes mes forces. Et j'ai continué de me préparer, comme si rien de tout ça n'était jamais arrivé. Sauf que le goût m'est resté sur le cœur pendant encore longtemps, et m'a mise de fort mauvaise humeur.

Assise dans le centre social de mon cégep, j'ai repensé à cela en implorant le ciel de me laisser en paix, à présent. Peine perdue, d'ailleurs.

Un gars fonçait directement sur moi, que je reconnaissais vaguement pour l'avoir déjà vu avec Mathieu quelques fois. Il me regardait fixement, avec ses petits yeux en amandes. C'était un Asiatique, qui avait les yeux bleus et qui aurait presque pu être beau, s'il n'avait pas eu cet air aussi effrayant.

Sans préambule, il m'a demandé si j'étais bien Sarah, la Sarah de Mathieu. Avec dédain, je lui ai répondu que je n'étais la Sarah de personne, et il a éclaté d'un rire plus mauvais encore que l'idée que je m'étais faite de lui.

— Mathieu m'a longuement parlé de toi, m'a-t-il glissé à l'oreille d'un ton chargé de sous-entendus. Et il m'a dit que tu avais certains talents, dans... certains domaines.

Il fallait que je garde mon calme, surtout. Il faisait du chantage, il ne savait rien de ce qui s'était passé entre moi et Mathieu. C'était impossible, il n'aurait jamais fait cela.

— On se retrouve à trois heures dans le stationnement de l'école, et tu ferais bien de ne pas oublier notre rendez-vous. D'accord?

Pour appuyer ses paroles, il m'a pris le menton et m'a regardée droit dans les yeux, y cherchant un signe d'assentiment. J'ai acquiescé lentement, et il est parti avec un petit sourire au coin des lèvres, content de lui. Sa suffisance m'écœurait, me donnait envie de m'enfuir bien loin.

Je l'ai regardé partir, gai comme un pinson et chiant au possible. J'ai dégluti lentement, comme si je n'arrivais pas à croire tout ce qui m'arrivait. Une impression d'irréalité s'est emparée de moi, et j'ai osé espérer qu'elle ne m'abandonnerait pas tout de suite, pas encore. Après l'annonce d'Alexis, Mathieu avait voulu se venger. Son sentiment d'appartenance envers moi frisait le ridicule, il fallait avouer.

Le reste de ma journée s'est passé dans l'agonie, à redouter non sans raison qu'arrivent trois heures. J'avais du mal à comprendre pourquoi, puisqu'il pouvait avoir toutes les filles qu'il désirait, il s'acharnait ainsi sur moi. Cet imbécile qui venait de se présenter si peu courtoisement ne le savait pas encore, mais il perdrait tous ses moyens, face à son nouveau chef. Et il deviendrait tout aussi idiot, pour se plier à ses caprices.

J'ai ramassé mes affaires, me suis dépêchée le moins possible. Je suis sortie, gardant un mince espoir qu'il m'ait oubliée. Mais il était là, m'attendant. Je suis montée dans son auto, m'apercevant avec stupeur que Mathieu était assis avec nonchalance sur la banquette arrière du véhicule. Je croyais qu'il laisserait le travail à d'autres mains que les siennes.

— Sarah... a-t-il dit sur un ton langoureux. Content que tu ne nous aies pas faussé compagnie!

Il m'a présenté officiellement son comparse sous le sobriquet de Mitch, probablement un diminutif de Michel. J'ai tourné les yeux vers la vitre de la voiture, songeant avec joie au jour où plus rien de toute cette mascarade ne m'atteindrait.

— Suis-je au moins en droit de savoir où nous allons?

Il m'a regardée, a esquissé l'ombre d'un sourire. D'une méchanceté impitoyable.

— Tu es beaucoup plus jolie quand tu n'ouvres pas la bouche, tu sais.

Difficile de répondre, après cela. J'ai serré les dents, jusqu'à ce que ma mâchoire me fasse atrocement souffrir. Il m'était impossible de lui échapper, en fait. Car il était d'une insatiable violence, quand on le contredisait. On racontait même qu'il avait déjà tué un homme, un jour. Il l'avait poignardé dans le dos, froidement, et s'en était allé en promettant de tuer celui qui irait raconter cela à la police ou à qui que ce soit. Les mains dans les poches, la tête penchée en un geste purement provocateur. Celle qui m'a fait ces confidences est morte, elle aussi. Je me demande pourquoi.

Mitch nous a entraînés dans une sombre petite ruelle, où toutes les poubelles étaient renversées et laissaient deviner quel genre de vie on menait ici. Seringues pour se shooter, enfants maigrichons qui tendaient les mains parce qu'ils n'avaient rien à manger, vieillards au dos courbé par le poids des souffrances... La vie ici ne devait pas être des plus faciles, certains jours.

Mathieu m'a pris fermement la main et m'a emmenée dans un minable petit logement, qui sentait la moisissure et le renfermé. J'ai réprimé un haut-le-cœur, car je n'avais pas vraiment le choix. Une fois de plus.

Mitch m'a prise par les hanches et m'a poussée dans

le mur sans douceur. Il s'est pressé contre moi, s'est frotté contre mes cuisses et m'a caressé les seins. Il a enfoui sa tête sous mon chandail, a baissé la fermeture éclair de mon pantalon. J'ai voulu hurler, il me semble, mais aucun son n'est sorti de ma bouche.

J'ai pleuré, probablement ne pouvais-je de toute façon rien faire de plus. Ils m'ont portée dans une chambre qui n'en était pas vraiment une, avec pour seul mobilier un vieux lit qui ressemblait à ceux que l'on trouve à l'hôpital. J'ai atterri dessus violemment et m'y suis fait attacher sans vergogne, puis Mitch s'est écrasé sur moi de tout son poids.

Un dragon s'est réveillé en moi, et j'ai hurlé avec cette énergie que l'on puise en soi quand on sait qu'on ne peut plus rien faire pour s'en sortir, pour se donner l'impression d'avoir au moins tout essayé. J'ai tenté de bouger mes pieds, mais eux aussi étaient attachés. Mitch et Mathieu en étaient là à me rouer de coups, à me mordre et à me cracher dessus pour leur bon plaisir. Je me rendais à peine compte de la souffrance que j'endurais, tant je concentrais mon attention sur la force de ma voix.

Ce n'était certes pas la bonne façon de faire, crier comme une damnée. Cela les excitait encore plus. Mais n'y avait-il personne pour entendre mon appel de détresse, pour venir me délivrer? Nous n'étions pas dans un film, ironisait une petite voix au fond de moi. Les héros qui viennent sauver la situation au dernier moment, ça n'existe pas.

Mon corps, intuitivement, a déclenché le mécanisme d'engourdissement qui précède le seuil de l'inconscience. Seule une immense douleur est entrée soudain en moi, suivie presque aussitôt d'un liquide chaud et d'un grognement, au loin. Et la voix de Mathieu, qui me demandait de me rhabiller et de m'en aller.

## Hésitation

Ma chambre tournait, tôt ce matin. Je croyais rêver, mais, hélas, le plafond qui valsait au-dessus de moi n'était plus que familier. C'est mon estomac qui m'a réveillée, encore une fois. Les contusions de la veille m'ont empêchée de courir aussi vite que je l'aurais voulu, et je n'ai pas pu éviter un dégât d'envergure, sur le tapis du couloir.

Haletante, j'ai retrouvé mes esprits avec une impressionnante rapidité, et j'ai laissé en plan les détails pratiques pour aller faire le point.

Je ne suis pas malade. Je ne me sens pas malade, du moins. Aussi, la cause de mes nausées matinales ne laisse pas tellement de place au doute, et de toute façon, il fallait bien que je m'y attende, un jour ou l'autre. Je suis enceinte.

Il fallait que j'aille travailler, tout à l'heure. Avec le sourire, sans penser à tout ce qui m'arrivait sans relâche ces temps-ci.

En ramassant ma vomissure, je me suis détachée. De moi. De tout ce qui s'approchait de la réalité. Car après tout, j'aurais dû pouvoir m'enfermer et pleurer toutes mes misères, toute ma peine. Si je ne le faisais pas, c'était que ç'aurait été trop long, trop laborieux de penser à tout cela. J'aurais eu encore plus mal, je n'aurais simplement plus vécu. La douleur est une chose étrange.

Quand elle est trop forte, trop lourde, elle s'endort. Je me suis endormie. Somnambule.

Il faisait un soleil aveuglant, aujourd'hui. Presque trop chaud, d'ailleurs, pour un début d'avril. Mais j'ai tout de même revêtu un chandail long, avec une jupe qui tombait sur mes souliers. Voir ma peau n'était pas un joli spectacle, ni pour moi ni pour ceux qui n'auraient pas manqué de poser d'emmerdantes questions. Mon habillement austère masquerait habilement les preuves de ma séquestration, du moins espérais-je.

Enjouée, souriante, je me suis vue répondre aux clients avec une ardeur étonnante. Ma frustration s'est transformée en énergie positive, et cela m'a rassurée de voir que j'avais encore une certaine emprise sur mon comportement.

La boutique où je travaillais ressemblait plutôt à une caverne qu'à un simple commerce. Les tissus flamboyants côtoyaient les plus classiques, les couleurs vives contrastaient violemment avec celles plus sombres, et les textures variaient selon les genres. Je n'y connaissais rien en haute couture, mais l'expérience m'avait démontré qu'une friperie n'est pas un endroit où l'on doit se soucier de la mode. On se sentait bien, ici. Original, mais étrangement calme, chaque fois qu'on y entrait. Il y flottait une odeur de lavande qui apaisait l'esprit, qui enveloppait les sens.

J'ai posé un grelot, sur la porte, autant pour faire joli que pour m'avertir de l'arrivée d'un client. Mais il y avait longtemps que je ne me retournais plus pour voir qui c'était, comme au commencement. Cependant, je savais reconnaître, au bruit de pas, la différence entre un homme et une femme, pressés ou flâneurs. Et l'homme qui venait d'entrer semblait attendre incessamment que je me retourne.

— Bonjour, Petite Rose, m'a-t-il dit de sa voix la plus tendre.

Alexis. Il fallait s'y attendre. Mais pourquoi aujourd'hui, alors que j'avais mille autres choses en tête et pas du tout envie de les partager?

— Tu ne m'as pas donné de tes nouvelles, et je me suis demandé s'il ne fallait pas que je m'inquiète, un peu.

J'ai souri, mais je n'avais pas envie de répondre à tout ce qu'impliquait sa question.

— Il n'y avait pas lieu que tu te fasses du souci pour moi, je t'assure. J'ai simplement été très occupée, ces derniers temps, lui ai-je répondu sur un ton dérisoire, badin.

L'excuse était boiteuse, et j'aurais voulu sincèrement m'en... excuser. Mais il aurait dû être heureux que je ne le laisse pas s'immiscer dans mon espace vital. Seulement, je ne pouvais pas lui dire pourquoi.

— J'avais envie qu'on aille au cinéma, ce soir. On irait manger une bouchée, avant, et on pourrait aller se promener sur le bord de l'eau, ensuite.

Tout paraissait si simple, quand c'était lui qui l'expliquait.

— Je ne sais pas si c'est une bonne idée, Alexis.

Il m'a regardée gravement, avec un soupçon de perplexité dans les yeux. Il allait falloir me faire plus convaincante. Malheureusement, mes résolutions flanchaient une à une, devant lui.

— Un autre jour, peut-être, ai-je murmuré d'une voix timide avant de me retourner prestement.

Sans prononcer le moindre mot, il m'a pris le bras et m'a forcée à le confronter. Un éclair m'a traversé l'esprit et, aussi clairement que s'il était devant moi, j'ai vu Mathieu faire le même geste, avec la même rapidité d'exécution. Pas encore une fois.

Rageuse, je me suis dégagée et suis disparue à l'arrière de la boutique. Dans un grand fatras de cintres, ma colère a éclaté sans vergogne et, surtout, sans témoins. Je me suis répété cent fois qu'il valait mieux le laisser en dehors de tout ça, qu'il ne pouvait pas vraiment comprendre. Et je n'ai pas cru un mot de ce que je racontais, mais là n'était pas l'important. Il méritait mieux qu'une fille telle que moi, un paquet de problèmes qui avait du mal à atteindre les cent livres sur une balance.

Dommage, Alexis. Tu aurais été le candidat parfait, pourtant. Beau comme un dieu, merveilleux et accueillant. Sois heureux avec quelqu'un d'autre... ou accroche-toi fort.

### *Arrivée*

Il a fallu que je sois discrète, ce matin. J'ai dû vomir dans un sac en plastique, et faire le moins de bruit possible. Pour ne pas réveiller toute la maisonnée, qui était revenue hier de ses interminables vacances.

Mes parents stagnaient ensemble depuis vingt-six ans. Rien ne se passait entre eux, jamais. Pas de complicité, pas d'amour ni de tendresse. Seulement de la froideur à revendre, de la sévérité à n'en plus savoir compter. Je me demandais s'ils avaient eu recours à l'insémination artificielle, ou si je n'étais que le fruit d'un bête accident. Je m'en fichais, d'ailleurs. Le résultat était le même, de toute façon.

En arrivant, ma mère s'est mise à pépier comme une perruche. Elle m'a fait voir son nouveau et superbe bronzage, et j'ai fait semblant de m'extasier sur la beauté de son teint. Mon indifférence l'aurait offusquée, si j'avais osé être sincère.

Mon père, quant à lui, restait en plan, derrière sa chère épouse, comme l'ombre de quelqu'un qui ne sait comment vivre par lui-même. Il acquiesçait, parfois, pour faire foi de sa présence auprès d'elle.

Mes parents étaient fonctionnels. Ils étaient deux entités interdépendantes, qui se complétaient mutuellement chaque minute de leur existence. Mon géniteur était un directeur de banque bien nanti, et ma mère était décoratrice par principe, pour ne pas dire simplement qu'elle était « à la maison ». Ils étaient bourrés d'argent, et ne respiraient, me semblait-il, que pour les réceptions de toutes sortes qui faisaient la gloire des gens de la haute société. De plus, ils avaient suivi des cours de bienséance pour savoir comment se tenir, en public. Chacun au courant des besoins de l'autre, la parole n'était point de mise entre eux. Tout était inclus dans le prix, et il y avait déjà des lustres qu'ils faisaient chambre à part.

Leur progéniture était probablement la plus grande

déception de leur vie commune. Je n'étais pas comme eux, ne serais jamais comme eux. J'aimais la simplicité et les couleurs, ce qui les scandalisait puisque cela n'était pas inscrit dans leur livre des bonnes manières. Mais je n'étais pas affectée par leur mode de vie, qui comblait par ailleurs mon besoin de solitude. Lorsque je m'en irais, ce serait en ayant considéré que c'était pour mon bien et uniquement pour mon bien.

La maison, que la femme de ménage avait tenue impeccablement propre, a arraché un soupir de satisfaction à ma douce maman. Elle s'est alors campée sur son divan de véritable cuir blanc, et a observé avec une évidente délectation tout ce qui se trouvait autour d'elle. Son amour de la perfection artistique dépassait les limites de mon entendement, mais j'avais appris depuis longtemps que ne pas le lui dire était la seule solution pour échapper à ses interrogatoires. Elle adorait se faire dire que ce qu'elle faisait est beau, purement et simplement.

Il a fait bon de respirer l'air pur, après cette dure épreuve. Car je suis sortie, pour ne pas avoir à les supporter une seconde de plus. Leur profonde ignorance les rassurait, je crois. Et je marchais droit devant, sans regarder où j'allais.

Il faisait gris, presque froid. Le vent qui jouait dans mes cheveux m'agaçait, et les larmes qui perlaient sur mes joues étaient salées, comme l'eau de la mer.

Un petit café, au coin de la rue, a trouvé en moi une cliente potentielle, qui s'interrogeait. Assise sur une chaise en bois, j'ai observé le téléphone public à l'entrée, et serré dans le creux de ma main une poignée de monnaie, au cas. Au cas où j'aurais eu le courage de l'appeler pour lui demander de venir me rejoindre.

Une heure a passé, et je n'avais pas encore bougé. La serveuse m'a apporté un expresso, un journal. En première page, on annonçait un autre viol, un autre meurtre, de nouvelles élections. Mon corps s'est soulevé, et a composé un numéro sans que mon cerveau soit intervenu. La voix d'Alexis m'a ramenée sur terre, et l'envie de raccrocher m'a figée.

— Alexis?
— Sarah?
— Oui, c'est moi.

Le ton posé sur lequel je parlais a sans doute dû lui mettre la puce à l'oreille, car il respirait fort dans le combiné.

— Qu'est-ce qui se passe? Tu es chez toi?
— Rien. Non. J'avais envie de te voir, je suis à deux rues du fleuriste chez qui tu travailles.

Il a raccroché sans avoir pris la peine de me répondre, et je lui en ai été reconnaissante. En moins de deux, il s'est retrouvé à mes côtés.

Je ne me souviens pas du reste. J'étais trop occupée à tenter d'être stoïque, devant quelque chose que je maîtrisais mal. Mes sentiments.

Il m'a serrée dans ses bras, et j'ai remarqué pour la deuxième fois comme il était fort et doux à la fois. J'aurais voulu tout lui dire, d'un seul coup. Lui raconter une histoire qui lui aurait donné froid dans le dos, qui lui aurait transmis l'envie de fuir au plus vite, à tout jamais. Je ne pouvais pas lui faire confiance, ni lui demander de rester là, comme ça.

— Pourquoi es-tu là, Alexis?

Il a souri et a pris cet air grave qui m'effrayait, avec une douce mélancolie dans le trémolo de sa voix.

— Parce que tu as mal, Petite Rose. Parce que tu souffres intensément et que j'essaie de te consoler, en attendant que tu sois prête à te libérer de ton fardeau.

Je n'ai plus rien trouvé à redire, ensuite. Un vague remerciement, un malaise qui s'est installé en moi. Je ne voulais pas qu'il sache. Pas tout de suite. Mais devant lui je me sentais transparente, limpide.

Tout ceci était ridicule. Je devais m'en aller, avant que la vérité, qui m'obsédait, paraisse aussi clairement que le reste sur mon visage. J'aurais aimé que cela fût possible, entre nous.

### Annonce

Ma mère est la reine de la planification. Elle se sert d'ailleurs chaque moment de cette excuse pour se disculper de ne jamais être là. Et possède l'art de me faire sortir de mes gonds comme c'est impossible, parfois.

— Ma chérie, je pars en voyage avec ton père en fin de semaine. C'était déjà prévu depuis... longtemps, tu comprends?

Au fond, elle n'avait aucune envie de savoir si je comprenais ou non. Ce qu'elle voulait, c'était que je lui souhaite bon voyage avec le sourire. D'habitude, c'était bien ce que je faisais. Mais aujourd'hui, je me sentais profondément irritée par cette mascarade. Alors tant pis, un autre jour peut-être.

Faisant déjà un effort pour écouter ce qu'elle disait, je lui ai répondu plutôt évasivement. Au loin, je l'ai entendue se fâcher, de sa petite voix haut perchée. Je n'avais plus du tout envie de l'entendre, soudain.

— Maman, je me fiche bien des raisons de ton départ. Tu as décidé de partir? Eh bien va-t'en, c'est tout.

Interloquée, elle a mis une main sur sa bouche d'un air scandalisé, puis elle a tourné les talons, sèchement. Les valises s'entassaient dans le vestibule, et voilà mon père qui s'ingéniait à vouloir faire entrer tout ça dans leur jolie et dispendieuse voiture. Une Mercedes beige. Mollusques.

Elle s'en est allée, enfin, non sans m'avoir dit qu'il y avait un message pour moi sur le répondeur. J'ai appuyé sur le bouton, machinalement. Une voix douce, gentille et grave a soudain empli la pièce de souvenirs et de culpabilité.

« Sarah?... c'est Alexis. J'aimerais te parler, penses-tu que c'est possible? Si tu venais à la boutique en fin d'après-midi, vers quatre heures, on pourrait aller prendre un café, si tu veux. J'aimerais beaucoup que tu acceptes. »

Après avoir entendu le « bip », j'ai fait rembobiner le message et l'ai écouté une dizaine de fois, juste pour entendre le son de sa voix. Il n'y avait pas de colère dans cette voix-là, seulement un millier de regrets... Et je me sentais coupable, si coupable de ne pas pouvoir lui raconter cette fichue vérité.

L'horloge grand-père qui trônait dans la salle à manger indiquait une heure trente. Et j'avais un autre endroit où aller, avant de rejoindre celui à qui je devais au moins une explication pour justifier l'étrangeté de ma conduite.

J'ai pris une pomme, au cas où la faim m'aurait prise. Je suis sortie dehors et ai attrapé l'autobus de justesse, mais quand même trop tard pour ne pas avoir droit à une moue réprobatrice de la part du chauffeur. Aujourd'hui, j'aurais bien eu envie de lui dire de me foutre la paix.

Le C.L.S.C. était là, devant moi. Il semblait me narguer, avec toutes ses annonces accueillantes qui disaient que tout le monde devrait s'y précipiter, au moindre bobo. Il me faisait peur, lui et ses excès de gentillesse envers n'importe qui.

Une femme, à la réception, m'a demandé la raison de ma visite. Les mots ont refusé de sortir de ma bouche, profondément coincés au fond de ma gorge. J'étais prise toute seule avec moi-même, sans personne pour me sauver. Un étourdissement m'a obligée à m'asseoir sur la chaise la plus proche, un torrent de larmes me picotant les yeux. La femme m'a regardée d'un air compréhensif; elle en avait vu d'autres et elle comprenait.

— Tu veux voir l'infirmière, c'est bien ça?

Mon hochement de tête lui a suffi, comme si elle savait l'horrible sentiment qui me traversait à l'instant. J'avais honte, et j'angoissais à l'idée de devoir lui montrer la moindre petite parcelle de mon corps.

Elle m'a demandé de patienter un instant; on allait m'appeler bientôt. Je n'arrêtais plus de trembler, j'étais tout simplement terrifiée. À côté de moi, une femme tentait tant bien que mal de consoler son bébé, qui venait tout juste de recevoir un vaccin. Je l'ai regardé, lui et ses petits yeux plissés qui se tordaient de douleur dans les bras de sa mère. Elle me regardait justement aussi, l'air un peu désemparé. Elle a semblé hésiter avant de m'adresser la parole.

— Il faudrait que je m'absente juste une ou deux minutes. Pourriez-vous surveiller Justin pendant ce temps, s'il vous plaît?

Touchée par sa voix douce et son air plutôt fatigué, j'ai accepté de prendre soin de l'enfant pendant son absence. Elle a déposé son Justin dans mes bras comme s'il était en porcelaine; doucement en faisant très attention.

— Sa tête n'est pas encore très solide, il faut la lui tenir. Saurez-vous vous débrouiller?

J'ai souri, car il était vrai que je n'avais rien d'une experte en matière de bébés. Mais je saurais me débrouiller, certainement.

Je me suis donc retrouvée seule avec Justin, qui ne me rappelait que trop la raison de ma présence en cet endroit. Il était tout petit, tout fragile. Il avait toute la vie devant lui, il pouvait encore en faire ce qu'il voulait...

Je me suis demandé, soudain, ce que c'était que d'avoir un enfant à soi, dont il fallait s'occuper pour le reste de ses jours. J'ai regardé Justin, qui a ouvert sur moi d'immenses yeux bleus reflétant l'ignorance de la vie. Il n'avait pas demandé à venir au monde, on avait choisi pour lui. Et pourtant il n'y aurait probablement pas renoncé, si je le lui avais demandé et qu'il ait pu me répondre. Mais il ne connaissait rien, il avait tout à apprendre! Comme j'aurais aimé à cet instant recommencer ma vie et la voir comme Justin, avec les bons d'un côté et les méchants de l'autre... Comme j'aurais aimé parfois avoir encore mes parents pour me protéger des méchants et que jamais il ne m'arrive rien!

Justin s'est mis à hoqueter, et je l'ai bercé doucement contre moi en lui chuchotant des paroles rassurantes à l'oreille. Il s'est calmé, puis je l'ai senti s'endormir sur mon épaule. Une tendresse toute maternelle m'a envahie, et j'ai déposé sur son front un baiser, à peine.

Mais ce n'était pas mon mioche, à moi. C'était celui d'une autre, que je ne reverrais jamais plus. Et un enfant, c'était pour plus d'une heure, ce que j'avais du mal à concevoir. Un enfant, ça bouffait l'énergie toute crue, ça pleurait et ça avait faim à toute heure de la journée. Un enfant, c'était son propre patron, son propre horaire. Et surtout, ça grandissait, un enfant. Après avoir fait ses dents, ça fouillait dans les armoires et détruisait le semblant d'ordre qu'on avait établi. Ça commençait à marcher et ça n'arrêtait plus, comme si on n'avait pas assez de courir pour nous. Ça allait à l'école, posait des tas de questions emmerdantes. Ça devenait grand, ça fichait le camp sans nous remercier. Et on mourait.

J'ai souri, devant l'image. Car un enfant, malgré tout ça, ça nous aimait. Sans restrictions ni besoin de contrat ou de garantie, sans mandat. Un amour gratuit et éternel, malgré tout. Tout ça dans la balance valait plus cher que n'importe quoi.

Justin dormait, en plissant les yeux. Rêvait-il d'être grand, comme papa? Justin dormait, avec un sourire aux lèvres. Continue de dormir, Justin. Tu ne sais pas comme tu es bien, à l'abri du monde entier. Dors pour toujours, mon ange, et tu verras comme la vie est belle. Imagine la Terre comme une rose sans épines, et tu seras heureux. Fais de beaux rêves, surtout, et te réveille pas avant la fin de l'Éternité.

J'ai posé les yeux autour de moi, en essayant d'évaluer le temps. De ma nervosité initiale, il ne restait plus rien.

L'infirmière m'a appelée, quelques instants plus tard, et j'ai déposé Justin dans les bras de sa mère, qui revenait justement. Il s'est réveillé et s'est remis à pleurer, probablement parce qu'il avait perdu la chaleur de mon corps. J'ai adressé un regard compréhensif à sa mère, et j'ai suivi l'infirmière jusqu'à son bureau.

Elle n'a pas posé beaucoup de questions, m'a fait passer un test de grossesse. Son obésité l'empêchait de se mouvoir rapidement, et je m'abîmais dans la contemplation de ce corps si différent du mien. Sentait-elle sa graisse se déplacer, dans tous ses mouvements? Était-ce cela que l'on sentait, quand on était enceinte? N'importe quoi pour penser à autre chose que le résultat.

Elle a froncé les sourcils en voyant mes coups bleus, mais a eu la décence de ne rien dire. Pourtant je sentais qu'elle me regardait, semblant juger la situation au travers de ses énormes lunettes. Sa voix nasillarde était celle d'une infirmière qui prenait son travail très au sérieux.

— Vous êtes enceinte de sept semaines environ, mademoiselle Lévesque.

Elle n'a rien ajouté, par pur professionnalisme. Mais le regard qu'elle a porté sur moi en disait plus long que tous les discours, et j'ai baissé la tête.

Pour la première fois depuis que la certitude s'était installée en moi, j'ai réalisé l'énormité de ce que tout ceci représentait. Un enfant, c'était vraiment pour la vie.

Ce que je vomissais depuis quelque temps avait déjà deux mois d'existence. Étrange d'y penser, soudainement.

J'ai oublié un instant l'infirmière, et me suis retrouvée chez Mathieu, quelques semaines plus tôt. Il avait été gentil, ce jour-là. Pour une fois. Quand il m'a demandé de lui faire l'amour, je n'ai pas eu le cœur de refuser. Même si je savais qu'il n'avait pas de condom, et que j'étais au beau milieu de mon ovulation. Il a dit qu'il ferait attention, et je me suis dit qu'une fois ne pourrait pas être dramatique. En pleine action, il ne s'est plus rappelé ses promesses, et toute à ma douleur, je n'ai pas pensé de lui dire d'arrêter...

Chienne de vie. Fallait-il vraiment que cela aussi m'arrive? Le cours des choses venait encore de dévier. L'évidence me frappait de plein fouet, soudain.

L'infirmière attendait toujours ma réponse, patiemment.

— Une clinique d'avortement, ai-je répondu d'une voix tout à fait mortifiée. Référez-moi à une clinique d'avortement.

Elle a posé sa main sur la mienne, gentiment. Cette fois, c'était la compassion que je lisais dans ses yeux.

J'ai soupiré, l'ai remerciée et suis sortie de son bureau. Ma décision était déjà prise. Je ne pouvais tout simplement pas avoir ce bébé. Sa vie aurait été gâchée avant même d'avoir vu le jour, et elle aurait gâché la mienne juste de voir que je l'aurais rendu malheureux. Qu'aurais-je eu à offrir à un enfant? Pas d'argent, pas d'emploi, pas de foyer, mais surtout, pas de père... Il m'en aurait voulu terriblement de lui avoir mis sur un plateau d'or tous les éléments d'une existence de misère. Je n'avais, en vérité, pas vraiment le choix de décider de l'avenir de ce bébé, tant qu'il était encore temps...

J'ai regardé ma montre, constaté qu'il était trois heures et demie. Si je me dépêchais, j'avais encore le temps d'être à l'heure au rendez-vous d'Alexis. Je suis passée par la salle de bain, voir de quoi j'avais l'air. Du rouge à lèvres, n'importe quoi qui m'apporterait un peu de couleur serait bienvenu. Ma peau était déjà pâle, laiteuse. Aujourd'hui elle tirait plutôt sur le vert, syndrome post-traumatique.

Je me suis arrangée tant bien que mal, puis j'ai marché d'un pas rapide jusqu'à la boutique du fleuriste. Quand je pensais, je marchais toujours très vite. C'était étrange, je n'avais jamais pensé à ça, avant. Mais pourquoi est-ce que j'y pensais, maintenant? Je me suis arrêtée devant la vitrine, hésitant un peu avant d'entrer. Et s'il n'était pas là?

J'ai poussé la porte, humé les diverses odeurs de fleurs et de plantes. C'était exotique, naturel et un peu féerique, comme si l'on se retrouvait d'un coup dans la jungle. J'étais contente d'être ici.

Alexis, en m'apercevant, a esquissé un sourire et s'est approché lentement. Une onde de chaleur m'a envahie, ainsi que l'envie qu'il me prenne à nouveau dans ses bras. Mais en même temps, j'avais encore un peu peur de lui, de sa façon trop douce et trop gentille de prendre soin de moi. Il gardait ses distances, comme s'il savait ce que je pouvais ressentir. Comme s'il devinait.

— Te voilà donc, Petite Rose... Je ne croyais pas que tu viendrais.

J'aimais bien ce surnom, sa consonance à mes oreilles. Il allait si bien avec moi, ce que j'étais. Toute douce et pleine de piquants, délicate et rustre. Orgueilleuse.

Sans qu'il ait prononcé le moindre mot, j'ai su ce dont il avait envie. Et ça tombait bien, j'en avais envie, moi aussi. Parler. De rien. De tout. Parler.

Il m'a tendu la main, probablement sans arrière-pensée. Mais cela demeurait plus fort que moi, j'hésitais. Je n'étais pas certaine de vouloir prendre sa main. Pas tout de suite.

Il l'a retirée, non sans avoir laissé passer une ombre sur son visage. Fugace, certes, mais assez évidente pour que je comprenne qu'il avait envie de savoir. Bientôt.

Et pourtant, ce que j'éprouvais pour lui était indescriptible, insaisissable. J'aurais pu passer des heures à regarder le vert profondément troublant de ses yeux, s'il m'avait seulement promis de ne pas me toucher. Notre relation n'avait pas encore pris un sens, et s'abandonner tout de suite aurait équivalu à tout briser, parce que trop d'étapes auraient été brûlées d'un seul coup.

Nous avons fait quelques pas en silence, et contrairement à cette humanité qui ne savait vivre que dans le bruit, il n'a rien dit. Il y avait tant de mots qui pouvaient être prononcés sans qu'on ouvre la bouche... Mais je me suis souvenue que j'avais quelque chose à lui dire.

— Écoute, Alexis. C'est le vide, en moi. Les sentiments se bousculent, sans prendre de place respective. Et je ne veux pas te mêler à cette pagaille, pas tout de suite. Plus tard, si tu m'attends. Si tu es encore là.

Il ne disait toujours rien, il m'écoutait. On aurait dit qu'il savait la suite, qu'il aurait pu déjà me la réciter par cœur. Mais il se taisait, il me laissait librement me dévoiler.

— Je ne veux pas sortir avec toi. Pas maintenant. Il y a un tas de choses à régler, avant. Pour que tout soit clair.

Alexis fixait l'horizon, ou quelque part par là. Un bateau, peut-être. Ou simplement les vagues... je ne savais pas.

— Mystérieuse Sarah... Je ne comprends rien à ton histoire, excuse-moi. Je ne voulais rien précipiter, pourtant. J'avais compris ce regard farouche, ce secret douloureux que tu caches. J'attendrai le temps qu'il faudra, si tu permets. Et je deviendrai ton ami, s'il le faut.

Je ne savais pas s'il y avait une réponse à donner pour tout cela. Du moins, elle ne me venait pas à l'esprit. Et le silence entre nous était calme et apaisant, aussi ne détruirais-je pas ce que j'essayais laborieusement de construire avec des paroles inutiles.

Il faudrait que je lui dise, pour le bébé. Quelle que soit son opinion, il pourrait m'être d'une aide précieuse, éventuellement. Je ne pourrais pas passer au travers seule, comme tout ce que j'avais fait jusqu'ici. Mathieu ne me semblait, étrangement, pas la personne appropriée pour tout régler.

La promenade s'est achevée et il m'a offert un immense cornet de crème glacée que nous avons mangé sur un banc, en contemplant le majestueux fleuve Saint-Laurent qui déployait devant nous les charmes du dégel printanier. Il existait, entre nous, une impalpable sérénité qui me rendait immatérielle, flottante. Un sourire, sur mes lèvres, apparaissait pour la première fois depuis des siècles, par sa faute.

Je suis retournée chez moi, l'âme surchargée de sentiments divers. La pensée d'avoir en moi un être vivant qui grandissait peu à peu me réconfortait, paradoxalement. Car cela signifiait que je donnais enfin un sens à ma vie, que j'étais capable d'assurer ma propre survie.

La maison était trop grande, trop froide. Comme je haïssais cette maison, sa grandeur et son espace! Pourquoi l'avoir bâtie si géante, si ce n'était que pour moi? Je n'avais pas besoin d'une aussi somptueuse demeure, pourtant. Une famille aurait amplement suffi. Un foyer. Un endroit où je me serais sentie chez moi. Comme l'impression devait être merveilleuse...

## Départ

Aujourd'hui s'est cassée en moi la dernière branche, le dernier lien qui me liait à ce grand arbre qu'est ma famille. J'ai décidé de m'en aller, tout à l'heure. Demain, peut-être. Et de ne plus revenir.

J'ai fait le tour de ma grande maison, pour être certaine de n'y trouver aucun regret, de quelque nature que ce soit. Trois étages de blancheur virginale, de propreté maladive. Une senteur de détergent, une maison sans âme.

Les quatre salles de bain sont les seules pièces qui arrivent encore à susciter en moi un quelconque intérêt. Parce qu'elles sont sources de mes plus beaux moments; ceux que je passais sous la douche à ne penser à rien.

Des chambres, des garde-robes pleines à craquer. Pas de souvenirs, pas de plaisir à les regarder une dernière fois.

Une chambre, la mienne. C'est là que sont enfermés mes secrets, mes solitudes enfouies. Des monceaux de lettres, d'esquisses se cachent sous le matelas, dans les tiroirs. Une enfance engourdie, dont je n'ai pas le courage de tracer les grandes lignes. Je jouais à la poupée pendant des heures, je m'inventais une vie.

Alors, toute seule dans ma grande maison, je me suis assise sur une chaise en rotin. C'était la moins confortable, mais elle me réconfortait, moi. Et j'ai soudain pensé à mes parents, comme ça. En arrêtant de les voir comme des machines, un instant.

Ma mère, cette poupée de porcelaine qu'on avait peur de briser. La honte, le déshonneur qu'elle éprouverait. L'impression d'être une ratée, et les fausses larmes qu'elle prendrait soin de ne pas laisser aller sur son plancher de bois franc. Le sel l'abîme, m'a-t-elle déjà dit. Elle serait soulagée, en fin de compte. De n'être plus ma mère. Elle m'inventerait un safari en Afrique, une croisière en Alaska ou un mariage avec un duc, je m'en contrefichais. Cette femme, qui m'était du reste une pure étrangère, n'avait pas été dotée de la moindre fibre maternelle. Peut-être n'aurais-je pas dû lui en vouloir, au fond. Mais moi, je n'aurais pas d'enfant.

Je n'arrivais pas à me représenter ce que pourrait bien penser mon père, au fait. Je ne savais pas qui il était, outre l'homme que ma mère avait épousé et le type qui avait construit un si redoutable empire. Je n'avais aucune idée de la façon dont il me percevait, et les conclusions que j'en tirais étaient moches, plutôt.

Parents contre leur gré, ils étaient, plus souvent qu'à leur tour, passés outre pour aller retrouver la quiétude du faste de leur vie mondaine. Leur en vouloir aurait somme toute été puéril, puisqu'ils n'avaient jamais été maîtres de la situation. Je leur pardonnais. Sans oublier pourtant que la petite fille, en moi, n'avait jamais grandi.

### Campagne

Alexis est venu me chercher, ce matin. Dans sa petite Honda verte, vêtu d'un gros chandail de laine beige. Cela mettait en valeur ses yeux qui, par contraste, paraissaient luire dans la lumière du soleil. Il avait été avare de détails sur notre destination, faisant seulement allusion à la campagne.

En sortant de la ville, je sens toujours mon corps se déstabiliser. Les immeubles cédaient la place aux grands espaces, où les animaux en bordure de la route remplaçaient peu à peu les humains. Il n'avait pas voulu me dire où on allait, mais je mettais en lui une confiance toute nouvelle, encore relative.

Même le style de maison changeait, ici. Elles étaient beaucoup plus colorées, beaucoup plus familières que ces prototypes pratiques urbains. Nous sommes passés près d'une petite ferme, devant laquelle trônait un immense épouvantail. Et je me suis dit que ça me plaisait bien, ici. Qu'un jour, quand j'aurais vécu, j'aimerais bien venir me reposer dans un coin comme celui-là. Pas maintenant. Un jour.

Alexis a tourné, après deux heures de route, vers un minuscule chemin de terre battue. En entendant sa voix, j'ai sursauté. Nous n'avions rien dit du trajet, et je ne m'en étais même pas aperçue, perdue dans mes observations sur la nature environnante.

— On est presque arrivés, Petite Rose. Tu vas voir comme c'est beau.

Mais il n'a voulu rien dire de plus. Le mystère m'angoissait, soudain.

La voiture s'est arrêtée, enfin, devant une maison. Pas juste une maison, une superbe maison! Elle était en pierre grise et blanche, style canadien du siècle dernier. Son toit était vert sombre, avec des lucarnes grises qui le surplombaient. Un garage la côtoyait, dans les mêmes teintes. Malgré le printemps encore peu avancé, la pelouse avait cette couleur qui nous donne envie de se rouler dedans tant elle est belle. Et la cheminée, en pierre elle aussi, donnait une touche majestueuse à l'ensemble qui était, du reste, fort harmonieux. Même les jonquilles, sur le parterre, ajoutaient une note de gaieté au tout, faisant foi du bon goût du propriétaire des lieux. Cela ne ressemblait pas au style ultramoderne de ma propre maison, géante bulle de verre sans âme.

Mon mutisme était complet, par trop bouleversée que j'étais. Elle se tenait devant moi, la maison de mes rêves. Exactement celle où je me voyais vieillir, avec une ribambelle d'enfants autour de moi. Ne manquaient que les poules, pour l'ambiance.

Alexis a souri, en coin. Il m'a fait signe de venir, et je me suis sentie soudain indigne de pénétrer en cette demeure, habillée comme je l'étais. Devinant mes pensées, Alexis a mis un doigt sur ma bouche pour me faire taire.

— Il n'y a pas de code d'éthique à respecter, ici.

Confinée au silence, je me suis résignée à attendre sagement la suite des événements. Alexis marchait d'un pas sûr, parfaitement à l'aise dans cet environnement somptueux. Si mon esprit s'éclairait à la vue des clés qu'il sortait de sa poche, l'ensemble demeurait néanmoins flou, puisque la surprise était non prévisible. Mon regard interrogateur lui a arraché un air taquin, et d'un geste cérémonieux du bras il m'a invitée à entrer.

— Bienvenue dans la maison de mon enfance, mademoiselle Lévesque.

J'ai cherché, mais je n'ai pas trouvé. Un mot, une phrase pouvaient-ils parvenir à traduire l'enchantement que me procurait cette découverte à son sujet? Son urbanité était un mensonge qui me plaisait beaucoup. Mais pourquoi ne m'avait-il jamais parlé de ce lieu? Était-il donc si secret, pour mériter autant de cachotteries? Alexis le Campagnard me ressemblait donc au moins un peu : il avait, lui aussi, quelque chose à cacher.

L'intérieur était encore plus magnifique, si cela se pouvait, que la parure qui m'avait déjà grandement impressionnée. Un énorme lustre de cristal, suspendu au-dessus du hall d'entrée, attirait en premier l'attention. L'éclat de la lumière qui entrait par la fenêtre lui faisait paraître mille couleurs, mille brillances. Le tapis moelleux en était vraisemblablement un d'Orient, avec des motifs dans les teintes bourgogne et ocre. Un escalier de bois montait au deuxième en un tourbillon, où je me promettais d'aller me perdre, si on me le permettait.

Encore une fois, je me suis demandé qui pouvait bien être la richissime personne qui habitait ici. Pas une fois, il ne m'avait parlé de sa famille.

Alexis m'a introduit dans ce que je devinais être le salon, d'où se dégageait une chaleur bienfaisante. La cheminée fait brûler un petit feu, dans un décor aussi pittoresque qu'enchanteur.

— Plutôt joli, n'est-ce pas?

Tout à la joie de me rincer l'œil devant tant de beauté, je n'avais pas remarqué celle qui venait de me faire ce commentaire, au demeurant fort juste. D'ailleurs, elle semblait elle-même étrangement se fondre dans le style très classique de la pièce, par son port de reine et son allure hautaine. C'était pourtant une vieille dame toute chétive, rabougrie par les ans et les chagrins. De profondes rides creusaient ses joues, mais il brillait dans son œil le même éclat que dans celui d'Alexis.

J'ai constaté, tout à coup, que je ne m'étais jamais demandé à quoi pouvait bien ressembler la mère d'un personnage comme Alexis. J'avais ma réponse, maintenant. Mais était-ce vraiment elle? Elle me semblait trop âgée, même en ayant eu Alexis tardivement.

— Vous êtes Sarah, je présume.

Vraisemblablement, elle n'avait d'affecté par l'âge que le corps. Sa voix n'était pas chevrotante, au contraire. On sentait qu'elle était du genre à imposer le respect, à la fermeté qu'elle semblait partout maintenir.

— Vous voyez juste, madame...
— Deschênes. Angéline Deschênes. Et je suis la grand-mère de ce chenapan. Mais asseyez-vous, voyons! Vous avez l'air si coincée, plantée là au milieu de la pièce...

Je cherchais Alexis des yeux, comme point de repère. Mais il m'avait abandonnée à cette première rencontre, s'éclipsant je ne savais vers quels autres cieux. Il faudrait que je m'en sorte seule, donc.

— Je vois que vous semblez aimer cette maison, et cela me fait un petit velours, je peux bien l'admettre. Ma mère aimait à décorer cette demeure et y travaillait avec soin.

— Je la trouve superbe, en effet.

Un silence, une éternité.

— Alexis vous a parlé de moi, ainsi.

Son sourire s'est illuminé et j'ai su, tout à coup, quel attachement Alexis devait avoir pour cette femme. Elle avait dû être très jolie, autrefois.

— Alexis me parle de tout. Et pour ce que j'en sais, vous lui faites du bien.

Elle ne dirait rien d'autre, mais cela me suffisait. Pour aujourd'hui, du moins.

Me montrant avec soin le chemin de ma chambre, Angéline m'a pris la main et l'a serrée très fort avant de plonger son regard au fond du mien.

— Cette maison est grande, tu vois. Va où tu veux, mais pas au troisième étage. C'est la partie non rénovée, qui s'écroule morceau par morceau. Et j'aurais de la peine de savoir que tu t'y es aventurée.

C'était drôle, j'avais l'impression qu'il y avait autre chose, là-haut. Son ton était un brin trop insistant, alors que je devinais qu'il se voulait le plus léger possible.

Ce fut avec une joie immense que j'arrivai enfin à ma chambre, m'affalant tout habillée sur mon lit. Le sommeil me gagnait, et le murmure de la brise qui entrait dans la chambre venait jusqu'à moi, disant qu'on me pardonnerait, cette fois, d'avoir oublié le souper.

Avant de m'endormir, il m'a semblé avoir entendu

crier. Mais je m'étais peut-être déjà assoupie, j'étais si fatiguée.

### Fugue

En douce, je leur ai glissé entre les doigts. Mais il fallait bien s'y attendre. J'ai traîné mes valises jusqu'à la boutique, où j'ai travaillé jusqu'à cinq heures.

Je ne reviendrais pas dans cette maison. Leur maison. Je l'avais toujours détestée, et cela ne changerait pas. Rien ne changerait jamais, ici. Pas de lettres d'adieux, de « je vous aime quand même ». Seulement quelques mots, griffonnés à la hâte et laissés sur le coin de la table : « Je suis enceinte et je m'en vais. »

Je me suis retrouvée, donc, à la rue, avec mon petit ballon de ventre et face à un terrible cul-de-sac. Prochaine destination, nulle part.

Je n'avais pas le choix. Alexis me dirait où aller, et je l'écouterais. Il avait le pouvoir de déplacer des montagnes, de même que celui de m'apaiser.

Il ne m'a pas dit pourquoi il était parti de chez lui, un beau jour. Avait-il fait son baluchon, comme moi, en se disant qu'il ne reviendrait plus ? S'était-il ravisé, rongé par les remords et sans le sou ? Malgré tout l'amour que je percevais entre lui et sa grand-mère, il existait une tension, un secret enfoui au fond des placards de la vieille maison. Sûrement y avait-il un certain rapport avec ce mystérieux troisième étage. Et ses parents, dont il taisait farouchement jusqu'à l'existence.

Comme chaque fois, je me suis arrêtée un instant

devant la vitrine, avant de me décider à entrer chez le fleuriste où il travaillait. Cela ne m'enchantait pas, de devoir mendier ainsi. En outre, lui raconter le premier de mes secrets dans ces circonstances ne me paraissait pas de bon augure pour introduire le sujet.

Livide, je suis entrée dans son domaine. Une chaleur inconfortable jaillissait des pores de ma peau, ainsi que la désagréable sensation de vivre sur un sol mouvant qui bientôt se déroberait sous mes pieds.

— Sarah? Mais qu'est-ce que... viens avec moi! a-t-il décidé autoritairement sans me laisser le temps de m'expliquer.

Heureusement, je n'avais pas particulièrement envie d'épancher mes malheurs devant les clients de la boutique. Heureusement, j'avais précisément envie que quelqu'un – que lui – prenne les décisions à ma place.

Je me suis assise sur un tabouret de bois, à côté d'Alexis qui me regardait comme s'il avait déjà compris.

— J'ai l'impression que tu vas devoir me raconter un brin de vérité, maintenant.

Je sais, il avait raison. J'aurais dû faire cela avant, et c'était injuste de ne pas lui accorder entièrement ma confiance. Mais je baissais obstinément la tête, épluchant mentalement les bribes d'explications qui jonchaient mon esprit encombré. Au milieu de la cohue, une seule phrase parvint, triomphante, jusqu'à l'orifice de ma bouche.

— Je suis enceinte, voilà.

Des larmes nouaient ma gorge, accentuant la difficulté que j'avais à raconter. Alexis conservait un calme de circonstance, alors que je le sentais au bord de la panique.

— Il s'appelle Mathieu, et c'est mon pire cauchemar. Je suis enceinte, et je n'ai plus de maison.

Alexis n'a pas osé m'interrompre; en fait il se retenait presque de respirer.

— C'est une histoire toute simple, pourtant. Mais je n'ai pas envie de revivre, en te la racontant, l'enfer que j'ai vécu.

Une ambiance déplaisante régnait maintenant dans la pièce, comme si ces quelques phrases avaient changé la perception qu'il avait jusqu'alors de moi. Comme s'il avait saisi la signification de mes sous-entendus. Un laps de temps s'écoula avant qu'il ne se décide à parler. Lorsqu'il le fit, ce fut avec une vitesse effarante, pour contrer sans doute les objections que je n'aurais pas manqués de soulever.

— Je sais, tu ne me fais pas confiance. Mais tu vas venir chez moi, dans mon appartement. Je vais dormir sur le divan, et toi tu vas prendre mon lit. De toute façon, tu n'as plus rien, et il faut bien que quelqu'un s'occupe de toi.

Je n'avais plus la force de protester. De plus, il avait eu l'extraordinaire délicatesse de ne pas poser de questions sur les raisons de ma fugue, de ma grossesse.

— Que vas-tu faire du bébé, Sarah? a-t-il tout de

même voulu savoir, avec les traces d'une grande anxiété dans la voix.

— L'enlever de mon ventre dès que possible, Alexis, ai-je doucement murmuré, pour lui faire comprendre que cette solution était pour le mieux.

Il m'a tout de même regardée avec ses grands yeux terrifiés.

— Tu vas tuer cet enfant?

Le tuer? Ce simple mot parcourait mon échine en me faisant frissonner de terreur. Je n'allais pas vraiment le tuer. Simplement, lui donner une chance de ne pas être malheureux.

Il s'était levé, et se tenait debout devant moi, l'air de se faire violence. Il a tourné les talons pour retourner dans la boutique, s'est ravisé puis est revenu vers moi.

— Tu fais une erreur, crois-moi. Un crime.

Il regardait plus loin que moi, derrière, empêchant de tomber une larme qui mouillait son regard.

— Où en serais-tu, dis-moi, si ta mère avait fait la même chose?

La pertinence de sa question n'avait d'égale que la réponse que j'avais à lui fournir, et qui n'était pas si belle. Mon ton était glacial, amer, rempli de rancune.

— Nulle part. Mais serait-ce si différent d'ici, au fond? Je ne suis pas partie parce que mes parents m'étouffaient, tu sais. Je suis partie parce qu'ils n'ont jamais existé ailleurs que dans leur monde à eux. M'y inclure, ils ne le voulaient pas. Répéter leur erreur ne fait aucunement partie de mes ambitions. Inscris-le bien dans ta mémoire, Alexis.

Il semblait à demi fou de rage.

— Un monstre d'égoïsme, voilà ce que tu es. Et exactement comme eux, si tu y penses bien. Il y a un enfant, là-dedans, qui ne demande qu'à venir au monde. Il est à toi, il t'aime déjà.

Sans rien rajouter, il s'en est allé, d'un pas vif. Mais sa voix, elle, est demeurée longtemps dans l'arrière-boutique, se balançant au-dessus de moi comme le couperet d'une guillotine.

« Il est à toi, il t'aime déjà... »

J'ai gravé ses paroles au fond de moi. Mais j'ai pesé à nouveau le pour et le contre, et ma décision n'a pas changé. Je ne pouvais pas avoir cet enfant!

J'ai attendu Alexis environ une heure, le regardant servir des clients capricieux, qui ne savaient ce qu'ils voulaient ou qui le savaient trop. Il ne s'énervait pas, ne se départait jamais de son sourire. Mais cette grimace, que l'on prenait à tort pour du bonheur, savait aussi devenir dure et méchante, à l'occasion. Parce que quand il me regardait, parfois, j'interceptais une lueur de tristesse dans le vert de ses yeux.

L'ignominie de la situation demeurait implacable. Alexis et cet enfant qui grandissait dans mon sein étaient tenus par un lien que personne n'aurait pu expliquer. Un lien étroit, si fort que malgré l'avenir, rien ne pourrait le briser. Un lien qui survivrait au-delà des souvenirs que l'on enferme dans un album de photos qui jaunit avec le temps, simplement parce que personne n'y peut rien.

Cet enfant, pourtant encore hypothétique, me criait à tue-tête de l'aimer, de lui donner sa chance d'être là.

Alexis, que je ne connaissais pourtant pas encore très bien, me suppliait de lui faire confiance, rien qu'un peu.

La vulnérabilité de ma dimension humaine était profondément atteinte. Si j'avais su seulement comment laisser sortir tout l'amour emprisonné dans un coin de mon cœur, je le leur aurais donné. Ils étaient tous les deux devant moi, main tendue pour quémander juste un peu de cet amour que j'avais en quantité industrielle. Mais je n'avais pas appris à être aimée, et à donner en retour. Il faudrait y remédier, avant qu'il ne soit trop tard.

### Révélation

Je me suis réveillée, ce matin, dans l'appartement d'Alexis. Dans son lit, avec un vieux chandail qu'il m'avait prêté. Il m'en avait, du reste, proposé des tas, mais c'est lui que je voulais. Il est vert émeraude, vert de ses yeux. Et il sent bon, parce qu'il sent lui.

Je voudrais rester dans cet espace douillet toute la journée, je suis si fatiguée. Une fatigue accablante qui provient d'une source inconnue.

Il vit seul dans un appartement de trois pièces et demie. Les murs sont blancs, nus, et l'ordre y est rigoureux. Cet homme possède un sens inouï de l'organisation.

Une odeur de bacon s'infiltre, me chatouille les narines, et bientôt Alexis entre dans la chambre avec un plateau dans les mains. Je lui souris, tout emmitouflée dans les couvertures.

— Avant d'être livreur de fleurs, j'ai été serveur dans un restaurant, explique-t-il. Mais les clientes n'ont jamais eu l'air de quelqu'un comme toi, ça non! murmure-t-il d'un air conspirateur.

— Et j'ai l'air de quoi, au juste? lui demandé-je d'un ton taquin.

— D'une gentille Petite Rose pas tout à fait éveillée, avec sur elle un chandail beaucoup trop grand, me dit-il en faisant mine d'être découragé.

Nous éclatons de rire, et le plateau se retrouve par terre au moment où éclate une amicale guerre d'oreillers, que je livre tant bien que mal à un Alexis qui essaie de ne pas montrer qu'il est bien trop fort pour moi. Mais il faut que j'arrête tout aussi subitement que j'ai commencé, car une puissante nausée me soulève le cœur. Alexis, saisissant bien vite la situation, me prend dans ses bras et traverse l'appartement en courant, juste à temps pour que je vomisse dans la toilette.

Je me relève, un peu étourdie et sur le point de m'endormir tant cette bataille m'a épuisée. Il se tient debout, dans le cadre de porte, l'air piteux.

— Je... j'avais oublié.
— Moi aussi, il faut croire, lui dis-je en souriant. Plus de bataille d'oreillers pour l'instant, si possible...

Il affiche une mine contrite, comme si c'était sa faute. Puis il secoue la tête lentement, s'en retourne dans la salle à manger. Il parle certainement plus pour lui que pour moi, mais je l'entends quand même.

— Si j'étais le père de ce bébé, j'amènerais tout de suite sa mère à l'hôpital pour voir si elle n'a rien, si tout est normal. Mais je ne suis pas le père de cet enfant...

— Je n'ai rien, Alexis, dis-je pour le rassurer. D'ailleurs, je vais tout de suite appeler la clinique d'avortement.

Il ne se retourne même pas, mais je sens tout son corps se tendre, se contracter comme à la pensée de quelque chose de véritablement dégoûtant. Je prends l'annuaire téléphonique, trouve ce que je cherche et compose rapidement le numéro.

Une petite voix nasillarde me répond, sans chaleur et sans compassion. Elle me fixe un rendez-vous, me demande d'y être à l'heure. Je ne fais rien d'autre que ponctuer ce qu'elle dit de « oui », j'ai la voix qui tremblote. Elle me dit au revoir, je raccroche en ayant l'impression d'avoir trahi quelqu'un. Alexis...

Il part travailler, non sans m'avoir glissé un regard lourd de sous-entendus. Je me sens coupable d'un crime que je n'ai pas encore commis. Mais je suis déjà coupable de l'avoir échafaudé, alors c'est un peu la même chose.

Après être allée au cégep, je me suis arrêtée devant une librairie, et j'ai eu une idée. J'ai fait l'acquisition d'un petit cahier « spirale » et d'un crayon noir. L'utilisation que j'en ferai m'aidera peut-être à me libérer, si je ne peux pas dire devant lui ce que j'ai sur le cœur.

*Mon petit poussin,*

*Cette lettre, tu ne la recevras jamais. Mais je l'écris comme si tu pouvais exister, en pensant à ce qu'aurait été ta vie si j'avais pu te la laisser. J'aurais voulu t'aimer, vraiment. Te sentir grandir, tout au fond de moi, m'émerveille et me terrifie à la fois.*

*Quand tu seras au ciel, il faudra me pardonner. Tu n'aurais pas eu une vie facile, et je préférais te l'enlever avant que tu ne puisses en souffrir trop. Mais je tiens à te dire que j'ai beaucoup aimé ton père, malgré tout le mal qu'il m'a fait. Tu es le fruit d'un amour non réciproque, ton père étant incapable d'aimer.*

*Toujours je penserai à toi, mon bébé chéri qui ne viendra jamais au monde. Alexis aurait été un merveilleux papa, doux et tout plein de tendresse envers toi. Mais je ne peux lui demander cela. Il en a déjà trop fait pour moi, qui lui suis plus que redevable. Je vous aurais tellement aimés, tous les deux... Lui, si beau et si gentil, qui en d'autres circonstances m'aurait envoûtée du vert si profond de ses yeux. Toi, tout petit et tout mignon, probablement aurais-tu ressemblé à Mathieu.*

*Mais puisque que je ne peux rien te donner de tout cela, je te souhaite d'être heureux là où tu es, et d'avoir quelquefois une bonne pensée pour ta maman qui t'aura soustrait à ce monde si cruel, sans justice et sans pitié. Ne crois jamais que je ne t'aimais pas, sans quoi je ne t'aurais pas écrit tout ceci. Remarque, je n'ai pas le droit d'être égoïste au point de vouloir te garder, dans une vie où toi, mon bébé d'amour, aurait été affreusement malheureux.*

*Peut-être aussi, plus justement, est-ce parce que j'ai eu peur que tu m'en veuilles de t'avoir fait voir le jour, tout comme j'en ai voulu à ma mère d'être ici aujourd'hui. Ne me dis pas que je suis ingrate, puisque je t'aime tant.*

Je m'étais lourdement trompée. Ces écrits ne m'ont fait aucun bien. Ils ne m'ont pas du tout convaincue du bien-fondé de mes actes, et me laissent maintenant harassée d'avoir fait autant d'efforts en pure perte. Toujours cette fatigue, qui me marche sur le dos. Cette sensation horripilante que le sommeil ne viendra plus jamais. Et lorsqu'il vient enfin, pourtant, il ne se fait plus réparateur. Il m'éreinte plutôt, ce sommeil.

Il me fait faire des rêves où je suis consciente de rêver, troublante illustration des réalités que je ne supporte pas.

Je marche dans un long corridor, long et sombre. Je vois une porte, au fond, et je tends la main pour l'ouvrir. Mais il n'y a pas de poignée, et je cherche un instant comment faire pour entrer. Un souffle me propulse soudain à l'intérieur, et mes yeux prennent quelques secondes pour s'habituer à l'éclatante lumière qui règne à cet endroit. À gauche, un berceau se balance grâce à une main invisible, et j'entends les gazouillis d'un enfant. Je m'élance vers lui, puisque je sais qu'il est mien, que c'est mon bébé qui m'appelle ainsi.

Mais un bras fort et puissant m'agrippe, arrête sèchement mon mouvement. C'est Alexis, qui me regarde sévèrement derrière ses beaux yeux vert émeraude.

— Tu ne peux pas aller le voir, Petite Rose, il est mort, me dit-il d'une voix attristée, comme s'il parlait à une gamine de six ans.
— Il ne peut pas être mort, puisqu'il gigote dans son berceau... Laisse-moi aller le voir!
— Il est mort, Sarah, c'est toi qui l'as tué, souviens-toi! Il est au ciel maintenant, au paradis des bébés dont personne ne veut, et il ne veut pas te voir.
— Bien sûr qu'il veut me voir, je suis sa mère!

D'ailleurs, je lui ai écrit une lettre pour tout lui expliquer, dis-je d'une toute petite voix.

— Et tu croyais qu'une simple lettre résoudrait tout? demande-t-il en se mettant en colère. Il est mort, c'est toi qui l'as tué... et tu voudrais qu'il te pardonne?

J'éclate en sanglots, et Alexis passe un bras autour de mes épaules. Il me caresse doucement les cheveux, m'embrasse le front et les joues.

— C'est aussi l'enfant de Mathieu, en veut-il à Mathieu? demandé-je entre deux crises de larmes.

— Mathieu ne sait même pas qu'il existe, alors comment pourrait-il en vouloir à quelqu'un qui n'a même pas eu le droit de décider...

Alexis continue de me caresser les cheveux, puis me presse le bras en un geste affectueux. Je me blottis tout contre lui, tout au chaud dans le creux de ses bras. Peut-être, si je reste là assez longtemps, oui peut-être serai-je à l'abri de la cruauté de l'existence...

Je me réveille, tout en m'apercevant que je suis véritablement dans les bras d'Alexis, qui semble inquiet pour moi. Je tremble de tout mon être, d'avoir fait un cauchemar si terrible et si révélateur. Alexis me tient toujours très fort contre lui, et je me sens gênée des sentiments qui me traversent à l'instant. Je m'éloigne brusquement, et il n'insiste pas. Mais je peux presque voir son désarroi, et j'ai honte soudain de n'être pas capable de le supporter.

— Tu semblais avoir tellement mal, tu avais le visage si convulsé de douleur... je n'ai pas pu m'empêcher d'avoir envie de te consoler. Tu pleures, Sarah?

Je lui raconte mon rêve, et je me blottis à nouveau contre lui, volontairement cette fois. Il semble surpris de mon geste, mais n'en souffle pas mot.

— Tu voudrais avoir ce bébé, n'est-ce pas, Sarah?

Je baisse la tête, parce que je sais d'avance qu'il y a une marge entre ce que je voudrais et ce qui est possible.

— Oui.
— Alors pourquoi te priver de la joie d'aimer cet enfant?
— Mais que va-t-il avoir comme avenir, sans père et sans foyer? Que va-t-il devenir, avec une mère qui n'a rien à lui donner?
— Rien à lui donner? Mais, Sarah, tu as au contraire tout à lui donner : tout cet amour qui vit au fond de toi... me dit-il d'une voix tendre et un peu mélancolique.

Il va préparer le souper, s'éloignant de moi comme à regret, et je m'endors cette fois paisiblement, jusqu'au lendemain.


**Ombre**

Alexis n'aurait jamais dû venir me chercher. Jamais. J'aurais dû prévoir que cela arriverait un jour.

Mathieu est venu me voir, aujourd'hui. Il gueulait de ne plus être capable de me rejoindre, et voulait savoir ce qu'il advenait de moi. Je n'ai pas vu Alexis arriver, derrière, et n'ai donc pas pu prévenir le coup. Mathieu m'empoignait le bras et me donnait rendez-vous, quand Alexis s'est approché, mine de rien. Mine de tout.

— Sarah, tu viens?

Son sourire sarcastique témoignait de l'interprétation de la scène dont il venait d'interrompre le déroulement, et le regard que lui a jeté Mathieu en disait long sur les sentiments qu'ils entretenaient mutuellement. Cela n'a pas duré longtemps, pourtant. Mais malgré tout, j'ai eu l'impression qu'il s'était écoulé des siècles avant qu'un des deux ne prenne la parole.

— Dégage. Ici, c'est mon territoire.

Alexis souriait toujours, comme s'il était parfaitement maître de cette situation insolite.

— Sarah n'est pas une chose, bien moins encore un territoire. C'est toi qui dégages.

Je ne sais plus au juste à quel moment ils ont commencé à se taper dessus. Je me suis fermé les yeux, en proie à un profond désespoir. Le sang qui coule. Les cris, les poings en l'air. La perte de contrôle.

Alexis, Mathieu. Alexis. Mathieu. C'est Mathieu qui perd, Alexis qui gagne. Mathieu se sauve sans demander son reste, humilié et hargneux.

Mathieu gagne tout de même, à long terme. Il va le poursuivre, le tuer à petit feu.

La morale de cette histoire n'existe pas. Prise au piège. Encore. Mais j'ai pris une décision, au milieu de la pagaille. Je ne me ferai pas avorter. Contre la vie d'un enfant, il n'est au monde rien de plus précieux.

## Espoir

Alexis, contusionné et peu fier, a pris la nouvelle avec une diplomatie effarante. Il sent peut-être ma décision précaire et chambranlante, et n'ose pas laisser éclater la joie qui paraît pourtant sur son visage. Une émotion, une gorge nouée.

Ma grossesse se présente normalement, et je me sens toute drôle de songer qu'un véritable être vivant va naître, sera mon fils ou ma fille. Tout ça me fait un peu peur, à vrai dire.

Mes parents n'ont pas refait surface. Pas d'avis de recherche, pas d'annonce à la radio. Sûr, je ne les entends plus débiter des mensonges à longueur de journée. Mais je croyais que j'étais relativement plus importante pour eux, tout de même. J'étais un peu partie, comme tous les fugueurs du monde, pour qu'ils viennent me chercher. Sauf que mes parents, loin d'être à l'image de tous les parents du monde, ne l'ont pas fait.

Je suis devenue, officiellement, la colocataire d'Alexis. Je paie la moitié du loyer, et je dors toujours dans son lit. Il est inflexible sur ce sujet. Ce semblant d'homme, c'est le père que je n'ai jamais eu. C'est le grand frère que j'aurais voulu avoir, l'ami qui sait tout comprendre. Il est merveilleux, bien plus encore que ça. Mais il voudrait savoir, je sais. Je ne mérite pas qu'il fasse tout cela pour moi, je sais aussi.

Alexis, c'est quelqu'un de silencieux, qui se sert de ses yeux et de sa bouche au même titre que de ses oreilles. C'est quelqu'un de mystérieux, qui ne me dira jamais quelle peine je lui fais.

Il a tenu à venir avec moi pour mon examen à la clinique. La gynécologue s'est déclarée satisfaite et m'a recommandé du repos, de l'affection et de la bonne bouffe. Alexis lui a assuré qu'il pouvait fournir tout cela, puis m'a pris la main en souriant. Curieusement, je ne l'ai pas retirée. Je crois bien que c'était la première fois.

J'aimerais, moi aussi, qu'il soit le vrai père de cet enfant. Je vois tant d'amour, au fond de ses yeux, que je dois baisser les miens pour ne pas me trahir. Nous avons pris congé et sommes sortis du bureau, respirant l'air d'une journée de printemps ensoleillée.

Je suis arrivée à l'appartement en proie aux sempiternelles nausées, et toujours cette envie de dormir, dormir enfin... Alexis est reparti travailler, après avoir posé un chaste baiser sur ma joue. En relevant la tête, ses yeux se sont accrochés, pour ainsi dire, dans les miens. Je n'ai pas fait exprès. Je voulais seulement voir l'expression qu'il prendrait lorsqu'il se détacherait de moi. Nous étions brûlants de gêne.

Je me suis couchée dans le lit d'Alexis, après son départ, pour m'apercevoir que je n'avais plus sommeil. Alors je me suis installée sur la petite table de travail, avec mon cahier «spirale» et mon crayon noir, décidant bon gré mal gré d'établir une correspondance avec mon bébé. Comme un acte de rétraction, un geste d'excuse d'avoir mis en doute son droit à la vie.

*Salut, petit poussin,*
*J'ai décidé, finalement, que tu avais peut-être une place sur cette terre, bien à toi. Mais il faudra que tu te battes pour la garder, car le monde est tout plein de gens qui veulent nous contrôler malgré nous, malgré tout.*
*J'ai été à l'hôpital, aujourd'hui, pour voir où tu en étais*

*rendu. Tu as déjà franchi une étape dans la fabuleuse histoire de ton développement : d'embryon, tu es devenu fœtus. J'ai pu voir ta tête, bien trop grosse encore par rapport au reste de ton corps. Mais on m'a dit que c'était habituel, et que dans un mois environ tu aurais pris des proportions plus normales. J'ai vu sur l'échographie ton nez, ta bouche et tes toutes petites oreilles. Le docteur a pris ton pouls, et j'ai pu moi aussi écouter ton petit cœur qui battait la chamade, là-dedans. À quoi pensais-tu donc?*

*Il me tarde de te sentir bouger, même si je sais que tu es déjà en mouvement dans ton liquide amniotique, comme un astronaute flottant en apesanteur, seulement relié à ton cordon ombilical.*

*Comment c'est, à l'intérieur de moi? N'as-tu jamais mal au cœur d'être secoué ainsi, au gré de mes fantaisies? Tu dois mener la grande vie, bien au chaud dans ce bain huileux.*

*Chaque fois que je bouge, je pense à toi. Chaque fois que je mange, je pense à toi. Chaque fois que je souris, que je traverse une rue ou que j'ai envie de pipi, je pense à toi. Je pense à toi même quand je dors. Je t'imagine dans mes bras, sur mon sein, et il me tarde déjà de pouvoir t'embrasser, de caresser ta peau toute douce...*

*Alexis partage un bonheur qu'il aurait voulu par lui-même engendrer. Un jour, je lui expliquerai que cela ne changera rien. Qu'il aura tout le loisir de jouer au père avec toi. Jamais, crois-moi, je ne ferai en sorte que tu te retrouves à la merci de Mathieu. Il te transformerait en l'être immonde que je ne veux pas que tu sois.*

*Mon petit poussin, tu es tout ce qui me fait vivre. Ta vie à protéger me fait penser qu'elle pourrait racheter la mienne, qui n'a à certains endroits pas été très facile. Mon amour pour toi est si fort, si déterminé désormais qu'il pourrait me faire surmonter les pires épreuves, simplement parce que je suis ta maman.*

*Dors, pendant qu'il est encore temps. On passe bien trop de temps éveillé, sur cette terre.*

## Passé

J'y pense encore trop souvent. Et c'est dommage que je sois de l'espèce féminine, parfois. Car si tel n'était pas le cas, je pourrais aller me planter devant et lui flanquer un coup de poing entre les jambes. Lui dire, à tout le moins, qu'il a bousillé ma vie. Pauvre idiot.

C'est sa faute si je ne laisse pas Alexis s'approcher. La peur que tout recommence est encore trop forte pour que je baisse les armes.

Je ne me rappelle plus comment cette histoire a commencé. C'était en d'autres temps, je crois, et je ne ressemblais pas à celle que je suis. J'étais plutôt rebelle, en guerre contre tout. J'envoyais promener le monde entier, en ayant l'impression que ça finirait par me libérer. J'avais besoin d'attention.

Il me semble qu'il faisait froid. Ce devait être l'automne, car il n'y avait pas de neige. Et je marchais pour m'en retourner chez moi, lorsqu'il est arrivé. Il a dit qu'il s'appelait Mathieu, et qu'il savait déjà mon nom. Il a débité les banalités d'usage qui font se sentir belle une fille, qui font lever tous les drapeaux blancs qui soient.

Il avait l'air gentil, et j'avais l'air méchant. C'est fou ce que les apparences peuvent être trompeuses. Il croyait sans doute que j'aimais me faire battre, lacérer, ou faire l'amour attachée sur un lit. Il se trompait, et il s'en fichait. Il était plus fort que moi.

J'ai des cicatrices, sur mon corps, qui ne partiront plus jamais. Comme celles dans ma tête, qui demeurent toujours vivantes pour me rappeler qu'on n'échappe pas à son passé. Salaud.

J'imagine que ça le chicote, de s'être fait battre par quelqu'un. Et qu'il prendra les moyens pour que ça n'arrive plus. Alexis ne sait pas, lui. Il est en danger, et il n'en a aucune idée. Je ne peux pas laisser Mathieu me le prendre et le réduire en pâtée. Je ne peux pas envisager de vivre sans le doux sourire d'Alexis.

Le sacrifice est lourd. Mais Alexis vaut bien cela, et ce sera ma façon de le remercier pour mon bébé.

À lui, je m'excuse d'avance pour la façon dont il sera traité. Demain, j'irai. Au bord de la guillotine, comme cette reine dont ne je me rappelle plus le nom, qui a été conduite à la torture alors qu'elle n'avait rien fait.

C'est trop difficile, je n'y arriverai pas. Et pourtant il le faut. Pour lui. Pour le bébé. Pour moi, si je ne veux pas supporter le poids de cette culpabilité toute ma vie durant.

### Sacrifice

Alexis dormait encore, quand je suis partie. Il ne travaille pas, aujourd'hui. Et moi non plus. Mon cours a été annulé au cégep, ce qui me laisse donc tout le temps nécessaire pour exécuter la tâche ingrate que je me suis assignée. En route, donc.

Une fois de plus, mon cœur se serre à l'approche des quartiers mal famés où demeure Mathieu. J'espère seulement qu'il ne s'apercevra pas que j'ai grossi. Le connaissant, je sais qu'il serait capable de se fâcher pour une si petite chose. Et refuser l'offre que j'ai à lui proposer.

Mon cœur se soulève, mais je frappe quand même à la porte. Un coup. Puis deux. Je frissonne, malgré le soleil qui darde ses rayons dans mon dos. Et je tâte, au fond de ma poche, la lame d'un couteau. Au cas.

Il ouvre la porte, méfiant.

— Que veux-tu?

J'inspire profondément.

— T'offrir quelque chose.

Il me laisse entrer, piqué de curiosité. Je ne lui ai jamais rien offert, ou donné.

Il s'assoit sur le bord du fauteuil et m'adresse un sourire sarcastique. En prenant son temps, il se roule une cigarette et l'allume, s'amuse à faire des ronds de fumée dans les airs. Puis, il me regarde fixement.

— C'est à propos de ce minable rejeton que tu as dégoté pour me remplacer?

J'ai envie de répondre qu'il est tout sauf minable, surtout à côté de lui.

— Je voudrais éviter que tu lui fasses du mal.

Il éclate de rire, s'étouffe presque.

— Et qu'as-tu à proposer, ma douce?

Une lueur rieuse, au fond des yeux. Cette fois, pas le temps de réfléchir. Sinon je m'enfuis à toutes jambes.

— Moi.

Il lève les sourcils, surpris.

— Toi?
— Moi.
— Je peux t'avoir quand je veux, il me semble.
— Pas aujourd'hui, c'est promis.

Sur ce, je sors le couteau de ma poche. Par expérience, je sais qu'il n'y a rien dans cette piaule de bien dangereux, même pour une fille comme moi. Cette famille a la brigade policière au complet à ses trousses, et n'a pas intérêt à se faire prendre. Pris au piège, Mathieu.

Nos regards se croisent, et je vois la violence au fond du sien. S'il me laisse commander, il me laisse aussi gagner. C'est à prendre, ou à laisser.

— C'est d'accord, finit-il par lâcher. Pour autant que j'aime ce que tu me fais.

Le message est on ne peut plus clair. Mais je me suis aussi préparée à cela.

La guerre éclate, sanglante et épuisante. Ce que nous faisons n'a aucune espèce d'importance. Le principal, c'est qu'il soit satisfait de mes services, et qu'Alexis soit épargné. La douleur est moindre comparée au dégoût que j'éprouve de moi-même.

La durée de la représentation est relativement courte,

et je me rhabille sans un bruit, sans un mot. Dans la salle de bain, j'évite le regard de cette fille en face de moi. Mes yeux rouges, mon teint cireux et le filet de sang qui coule sur mes cuisses n'y sont pas pour rien, je crois.

Je referme la porte, cours jusqu'au bord de la rue où je me vide les entrailles dans un suprême haut-le-cœur qui m'a prise quand j'ai constaté jusqu'à quel point je m'étais abaissée, cette fois. Et sans regarder derrière, je chausse les lunettes noires que j'ai achetées grâce à lui, ce cher Mathieu.

Alexis s'affole en me voyant entrer. Mais de moi, il ne soutirera pas un mot. Jamais. Ce secret, je le garde et je l'enferme au fond de moi.

Couchée, les yeux rivés sur le plafond, je sais que je n'arriverai pas à dormir. La douleur est trop cruelle et trop dure à supporter, toute seule.

Quand j'étais petite, je m'étais inventé un ami. Il s'appelait *Woody*, comme un personnage de dessins animés que j'aimais particulièrement. Lui me comprenait toujours, quand j'avais mal. Il me prenait dans ses bras et me consolait, sans jamais rien demander en retour. Il n'existait pas réellement, mais il était toujours en moi à me conseiller, à me suivre et à m'épauler.

Avec le temps, je me suis forgé une carapace assez épaisse pour ne plus avoir besoin de *Woody*. J'ai appris à ne plus avoir peur dans le noir, et à étouffer ces craintes démesurées qu'ont les enfants et qui sont les maîtres de leurs cauchemars.

Mais pourtant, ce soir, je n'ai pas envie d'être seule

pour pleurer ma rage. Je voudrais que *Woody* soit là pour me dire qu'il est là, et rien d'autre. Une présence lumineuse dans le noir de ma nuit. Sombres douleurs qui hantent mes rêves.

Au fait, je me suis rappelé le nom de cette pauvre reine qui s'était fait guillotiner. C'était Marie-Antoinette, et elle n'avait pas rien fait. Elle avait trahi son peuple.

## Trahison

Les marques sur mon corps pâlissent sous le regard nettement désapprobateur d'Alexis, qui est loin d'être dupe. Néanmoins, il n'a rien dit. Rien dit encore.

Il se promène dans l'appartement avec une nonchalance calculée, pour se venger sans doute de ce secret qu'il ne sait que trop bien. Il fait une grève de la communication à mon endroit, ne s'adresse plus à moi que par l'intermédiaire de mon ventre qu'il prend à témoin.

— Qu'as-tu envie de manger ce soir, bébé? Des souvlakis, ou du jambon à l'ananas? Demande donc à maman et transmets-moi sa réponse, s'il te plaît...

Imbécile, ai-je souvent envie de lui rétorquer.

Il s'est mis aux heures supplémentaires, prétextant une soudaine surdose de déclarations d'amour dans le domaine de la fleuristerie. Comme s'il coupait les ponts entre la vérité et le mensonge, pour savoir lequel de nous deux traversera le premier. Mais qui est la vérité, et qui est le mensonge? J'ai bien peur de perdre, à ce nouveau jeu.

Il ne reste plus, dans l'appartement, que les effluves de son after-shave pour me convaincre encore de lui. De sa présence, quelque part. Et quelquefois un mot, griffonné à la hâte sur le coin du comptoir, pour me dire qu'il rentrera tard.

Alexis ne me regarde plus pour ne pas me toucher. Ne me parle plus pour ne pas m'embrasser. Ne s'approche plus pour ne pas me faire de mal. Il a vu Mathieu. Il a compris que lui aussi pouvait perdre le contrôle, parce qu'il fait également partie de ces hommes qui ne supportent que les passions. Il s'est enfui de la déraison.

Lorsque je rentrerai, ce soir, j'irai vers lui pour que la guerre cesse. Je l'embrasserai pour lui montrer la femme qu'il ne connaît pas encore. Et je lui laisserai effleurer mon corps de ses larges mains d'homme. Je serai à lui. Enfin.

Ma patronne m'a offert plus d'heures et plus de responsabilités. Elle a parlé de succursales, de rénovations et d'agrandissement. Je n'irai plus à l'école. La vie s'apprend dehors, bien plus qu'assise sur cette chaise de plastique jaune, verte ou bleue, devant quelqu'un qui ne sait pas faire la différence entre un film de Steven Spielberg et un homme qui est vraiment mort à la guerre.

Tiens, Alexis. Moi aussi, je vais me mettre aux petits mots.

*Cher inconnu (puisque je ne te connais plus),*
*Je veux bien, ce soir même, changer quelque chose à notre situation. Si tu m'en laisses la chance, si tu y mets du tien. Attends-moi.*

La ville défile devant les vitres encrassées de l'autobus que j'ai pris, mais je ne vois que l'irrévocabilité de ma décision. Les hommes ne peuvent pas tous être mauvais, Alexis moins encore que les autres.

Il ne faut pas penser à ces choses, Sarah. C'est pour ce germe qui pousse que je lutte aussi férocement, et rien de plus. Car sinon, il me prendrait sans doute l'envie de tout laisser tomber et de m'arrêter un instant, pour me poser des questions.

Les questions, c'est la mort qui approche, qui guette à la fenêtre. C'est l'occasion de s'apercevoir enfin que rien ne va, qu'il faudrait changer quelque chose. Je ne dois rien changer et ne pas vivre pour moi. L'égoïsme n'existe plus.

Journée de plus dans ma caverne, à être joyeuse sans joie. Même le temps est à la tristesse, pour concorder avec mon humeur morose. La pluie refuse de tomber, et plonge la ville dans l'attente harassante de la libération. Conditionnelle. On n'est jamais libre. Pire, on est prisonnier de sa liberté.

Je me laisse engloutir et c'est malsain, je sais. Je suis malheureuse en dedans, toujours en dedans. La journée s'étire, s'allonge. Et elle se termine enfin, et je me demande où elle est passée. Je ne suis jamais contente.

J'entre dans l'appartement, qui me semble d'abord triste et vide, puis je constate que les chaussures d'Alexis sont là, ainsi qu'une autre paire inconnue : des chaussures de femme. Tout est sens dessus dessous, je ne trouve plus trace du ménage que j'ai fait ce matin.

Il n'est nulle part ailleurs que dans sa chambre, qui

était devenue relativement mienne jusqu'ici. J'entends les craquements de son lit, où n'est-ce pas plutôt ceux de mon cœur qui s'écrase en mille miettes? Je m'assois sur le divan du salon, bien décidée à faire valoir mes droits de logeuse dès qu'il sortira de cette chambre. Il nous faudra avoir une bonne conversation.

J'attends une demi-heure, une heure, presque deux. La porte s'ouvre sur un Alexis aux cheveux en broussaille, torse nu et en boxers. L'effet est grandiose, mais je ne sourcille même pas. L'idée que tant de beauté me fasse frémir ne m'effleure même pas l'esprit, d'hébétude.

Il me regarde, l'air d'un enfant pris en faute.

— Sa... Sarah? Je croyais que tu n'arriverais pas avant six heures!
— Nous sommes samedi, l'aurais-tu oublié? lancé-je sur un ton presque hargneux. Reprends ta chambre, Alexis. Je coucherai sur le divan du salon, cette nuit.

J'ai été ridicule, et j'en suis pleinement consciente. Un instant, il me prend l'envie d'éclater de rire et de lui dire qu'il a égayé ma journée. Enfin, quelque chose de vrai. Un peu d'action. Mais il ne comprendrait pas et je ne pourrais pas lui expliquer. Malgré tout, je suis en colère.

Il me regarde toujours, désemparé. Je mets mon manteau, et sors précipitamment. J'entends crier mon nom, mais je sais que si je me retourne, je vais crier des choses qui font mal, que je ne pense pas. Je l'aime.

C'est si drôle comme parfois le hasard fait bien les choses. Dehors, il pleut. Cette pluie froide et drue, que j'ai attendue toute la journée. Elle me pardonnera de pleurer avec elle.

## *Justification*

Assise sur le divan où je n'ai finalement pas couché, j'écoute Alexis se justifier pour sa conduite d'hier. C'est lui qui en a ressenti le besoin, après avoir lu mon mot. Je suis pourtant calme, et je ne l'écoute pas vraiment. Sa voix est précipitée, criarde. Je ne veux pas l'entendre raconter ses secrets. Surtout pas ceux-là.

— C'est une amie, elle était venue faire ses devoirs et...

Il laisse sa phrase en suspens, me laisse éclater d'un rire sans joie. L'amie en question est partie sans demander son reste, voyant qu'elle n'était pas seule dans la vie de Monsieur.

— Alexis, tu as droit à ta vie privée et je n'ai aucunement l'intention de t'enlever ce droit, dis-je en pensant en fait tout le contraire. Je ne t'ai pas demandé de devenir moine et je ne trouve rien pour justifier ma conduite. Ce qui s'est passé hier se serait passé, de toute façon. Tu n'es pas à moi.

Non, mais. Le reste, je ne peux pas le lui dire. Car ce sentiment qui m'angoisse ressemble fort à de la jalousie, vert forêt. Et je hais la jalousie.

Il n'ose pas lever les yeux, probablement de peur de rencontrer les miens, accusateurs malgré eux.

— Je suis désolé, Sarah. Le pire dans toute cette histoire, c'est que je n'avais encore jamais fait l'amour avec une fille qui ne comptait pas pour moi. Pour tout te dire, je ne comprends toujours pas ce qui m'a pris...

Je suis surprise, mais il n'a pas à se justifier de la sorte.

— Tes amours ne me regardent pas.

Je soupire, puis je le regarde.

— Je crois que tout est dit, et que nous pouvons recommencer à mener notre fausse vie commune.

Alexis ouvre la bouche pour dire quelque chose, puis se ravise soudain. Mais il me regarde avec une telle intensité que j'ai peur de ce qu'il va faire. Son visage change d'expression, et il accroche à ses lèvres son sourire enjôleur.

— Comment va Bébé, aujourd'hui? demande-t-il du ton de celui qui veut absolument changer de sujet.

Mon ventre, encore.

— Il va aussi bien que sa mère, sûrement... de lui répondre ma voix la plus ironique qui soit.

Il prend la direction de ce qui est redevenu ma chambre, mais juste avant qu'il ne voie que je l'observe, je constate que mon petit mot est dans sa poche, à l'arrière de ses jeans.


### Enfin

*Bonjour, mon poussin,*
*À nouveau j'ai été chez le docteur ce matin, parce qu'il semble que j'aie une constitution trop fragile pour me permet-tre de passer plus d'une semaine sans être contrôlée. Aucune*

*importance, j'adore suivre l'évolution de tes mouvements, des parties de ton corps et de ton développement psychologique.*

*J'ai pu voir, grâce aux ultrasons, ton petit corps recroquevillé sur le côté, qui baîllait gracieusement en s'étirant. Pour un peu, j'aurais été te porter ton petit déjeuner au lit.*

*Tes ongles sont apparus, tes yeux sont désormais ouverts. C'est merveilleux, vraiment, de te voir grandir ainsi, par la force du cordon ombilical.*

*Le plus fantastique, c'est qu'il paraît que tu rêves. À quoi? À ta maman, peut-être, qui a tellement hâte de te voir en chair et en os. À ton papa, qui ne sait toujours pas qu'il est père? À Alexis, qui t'aime déjà comme son fils, comme sa fille?*

*Je suis un peu jalouse, il t'aime plus que moi. Tout juste s'il me demande comment je vais, moi, mais jamais à court de questions sur ce que tu deviens, toi.*

*J'ai peur de nous deux, de toi et de moi. Saurai-je être à ta hauteur, cher enfant? Angéline, la grand-maman d'Alexis, m'a dit que l'instinct maternel arrangera les quelques pépins qui ne manqueront sans doute pas d'arriver. Elle a dit qu'un enfant, c'était seulement nous-même, en format réduit.*

*Elle fait semblant, cette vieille dame, mais je sais qu'elle est très malade, et qu'elle n'en a pas encore pour des années à vivre. Elle a un esprit lucide et combatif remarquable, je l'admire et j'apprends beaucoup d'elle.*

*Les adultes sont des gens qui se trouvent bien trop importants, ils ne valent pas la peine que l'on s'enrage contre eux. Laisse-moi parler, alors, et ne m'écoute pas toujours.*

*Angéline n'est pas une adulte, elle a déjà essayé d'en être une et elle a détesté cela. Elle est une éternelle adolescente, qui aime la vie et le peu qu'elle lui apporte.*

*Je t'aime, mon bébé,*
*maman.*


Je range mon papier et mon crayon, retourne à mes petits plats en attendant Alexis. La table est mise, il ne manque plus que lui. Je me demande où il est. Il devrait, à cette heure, avoir fini de travailler.

Une heure passe, sans qu'Alexis se soit donné la peine de me téléphoner pour me dire qu'il serait en retard. Deux heures, et il ne s'est toujours pas pointé. Je m'inquiète, tout à coup... Je soupe seule, dans la plus totale angoisse.

Je finis par aller m'asseoir dans le salon, essayant de me distraire en regardant la télévision. Peine perdue, je tremble de tout mon être juste à la pensée qu'il ait pu lui arriver quelque chose.

La porte s'ouvre soudain, et je ne sais trop à quoi m'attendre. Alexis, ivre mort, dans les bras d'un ami qui me dira qu'ils n'ont pas vu l'heure? Un policier, m'annonçant quelque terrible nouvelle?

Mais Alexis est parfaitement sobre, et il sourit. Il a les bras chargés de paquets, les yeux pétillants de malice.

— J'ai fait des folies, Petite Rose... me dit-il en se voulant très sérieux.

Mais il ne tient pas, et il éclate de rire.

Oubliant du coup mon intention de l'admonester, je ris moi aussi.

— Pour qui sont tous ces paquets, Alexis? lui demandé-je d'un ton curieux.
— Pour toi... et Bébé! répond-il fièrement.

Je suis bouche bée, mais avant de m'avoir donné le

temps de protester, il dépose les paquets à mes pieds, me suppliant de les déballer immédiatement.

Il a effectivement fait des folies, qui ont dû lui coûter très cher. L'émotion me noue la gorge. Il y a là une garde-robe complète pour moi et mon bébé, et un tas de petites choses ravissantes qu'il m'offre sans rien attendre en retour.

Je lève sur lui un regard chargé de tendresse et de reconnaissance, puis je me jette à son cou pour le remercier. Mais il me repousse doucement, et sort de sa poche de manteau une toute petite boîte, sur laquelle un chou doré et un ruban de la même couleur indiquent quelque chose de spécial.

Impolie, je n'essaie même pas de deviner son contenu. Je suis curieuse, infiniment curieuse de savoir ce que contient la petite boîte. Je défais le papier en un temps record, puis je m'arrête sec devant l'écrin de velours. Un écrin de velours, je n'ai jamais vu quelqu'un offrir cela sans savoir que c'était un bijou, un beau bijou. Alexis ne peut pas m'offrir de bijou.

Il me regarde, d'un regard indéchiffrable. Je le regarde aussi, mais je ne crois pas que nos regards expriment la même chose. La petite boîte aussi me regarde, et pourtant je ne me décide tout simplement pas à l'ouvrir.

— Sarah, ouvre cette boîte au lieu de languir, me lance-t-il d'un air contrit.

Je suis incapable de faire un geste, tant j'ai peur de ce cadeau. Sa signification, sa provenance.

Alexis prend finalement la boîte, ouvre l'écrin puis me le montre.

Un éclat de surprise luit certainement au fond de mes yeux. Avec dignité et délicatesse, je prends à mon tour la boîte à merveilles qui m'est destinée. Je bafouille, j'emmêle les mots, les phrases qui devraient manifestement s'insérer à cet instant-là.

— Non, Alexis...

C'est un pendentif en argent très fin, de forme ovale et translucide. Pour l'histoire, il paraît que cela me représente bien. La transparence, mélange de toutes les couleurs et leurs significations. Parce que je ne serai jamais seulement blanche ou seulement noire, parce que je suis fort capable de passer d'une extrémité à l'autre sans avertir. Il n'y a rien à dire quand on reçoit un tel présent. Même un remerciement paraîtrait fade, à côté.

Je me lève, cours à la salle de bain sécher mes larmes qu'Alexis doit trouver ridicules. Les yeux rouges, les nerfs à fleur de peau, je laisse Alexis me serrer dans ses bras pour me convaincre que tout cela est vrai, qu'il pense encore à moi quelquefois.

Je glisse moi aussi mes mains autour de son cou, et soudain, nous nous regardons sans rien dire. Le temps se suspend. Il n'existe probablement pas de mots assez forts pour décrire avec puissance les sentiments qui me traversent, ni la profondeur du regard d'Alexis qui me brûle la peau, avec l'étrange impression qu'il peut lire au fond de moi. Aussi ne disons-nous rien, pour ne pas rompre le charme.

Alexis se penche vers moi, glisse son pouce sous mon menton. Il effleure à peine mes lèvres de sa bouche, sa respiration accélère au même rythme que la mienne. Secouée de délicieux frissons, je me serre contre lui et l'embrasse tout doucement. L'instant est magique, tout comme si quelqu'un avait déjà prévu que tout se passerait comme cela. Le jour est tombé depuis un moment déjà, mais le temps qui a passé ne nous a pas laissé le temps d'ouvrir les lumières.

— Sarah, si tu savais comme j'ai rêvé de ce moment... chuchote Alexis à mon oreille d'une voix douce, toute frémissante encore.

J'en ai rêvé aussi, ai-je envie de lui dire. Mais il ne me croirait pas, il ne s'expliquerait pas que j'aie mis autant de temps à me décider.

— Embrasse-moi, Alexis, et tais-toi, lui dis-je le plus impérieusement du monde, comme si notre vie en dépendait.

Il me scrute sans rien dire, cherchant j'en suis sûre à savoir si c'est vraiment ce dont j'ai envie. Une lueur, au fond du vert émeraude de ses yeux, m'indique la blessure profonde que je lui ferai, si jamais j'osais lui mentir. Mon âme crie à tue-tête cet amour que je n'ose pas lui avouer, et ma voix se tait résolument. Je t'aime, Alexis... Je t'aime!

Je reçois en guise de réponse un baiser, doux et langoureux. Nos deux corps viennent naturellement l'un sur l'autre, en un mouvement souple et gracieux. Nos vêtements glissent sur le plancher froid, et nous nous retrouvons bientôt dans son lit, tardant à assouvir notre passion grandissante.

Nous faisons l'amour dans le plus complet des silences, découvrant le plus intime de l'autre sans parler, sans bouger presque.

Couchée dans le creux de l'épaule d'Alexis, je compare cette vie avec l'autre, celle où ça n'était pas moi qui décidais. Je n'aurais jamais cru que cela pût être aussi merveilleux de faire l'amour, ni que cela pût se faire dans une aussi grande douceur.

### Jardin intérieur

Je ne croyais pas que tout changerait d'un coup, ensuite. Je ne savais pas que vivre avec quelqu'un et vivre avec quelqu'un que l'on aime puissent être si différents, en fait. La vie continue, pourtant, mais il s'est installé, dans notre modeste logis, une atmosphère chaude, simple. La tension s'en est allée, faisant place à un amour pur.

De la fenêtre de notre appartement, dans la cour arrière, on a vue sur une ruelle, parsemée de dos d'âne. En face, d'autres appartements avec le linge qui bat au vent sur les cordes, d'un rouge tirant sur le brun. Nous possédons un modeste jardin intérieur, où poussent des pensées et diverses fleurs que le propriétaire, en bas, aime et entretient soigneusement.

J'aime regarder la beauté de ce jardin, tôt le matin avant de travailler. Ce matin, pourtant, il y avait un élément nouveau, que j'ai eu du mal à discerner. Comme lorsqu'on sait qu'il y a quelque chose de changé, mais que ça nous échappe, se fond parfaitement dans le décor.

Un bouton de rose. Une fleur hâtive pour cette époque de l'année. Survivra-t-elle aux intempéries? Alexis m'a dit qu'elle était ma représentation, et qu'elle survivrait. Un bouton de rose, pas encore éclos. Le début d'une vie. De ma vie.

Je me détourne de la fenêtre, nostalgique. Alexis est difficile à cerner, dans son mystère. Et la signification de ce geste m'échappe complètement. Il faudra que je cherche, car il ne m'expliquera pas.

Merci, Alexis. D'être là. D'exister. De ne pas poser de questions. Tu me fais un bien fou. Je t'aime.

C'est drôle, je ne suis pas capable de prononcer ces mots devant lui. Ce serait si simple, pourtant. Je t'aime. Mais j'ai peur qu'il n'y ait rien de réel à la beauté d'une idylle, et que la nôtre soit encore trop fragile pour que je la poignarde si cruellement. Quand je lui dirai ces mots, il saura que je suis sincère.

Et à mon avis, ce ne sera pas avant longtemps.

### Appréhension

Le réveil sonne et j'aimerais rester couchée, bien au chaud avec Alexis. Mais il y a le boulot, l'argent. Ma vie devient épuisante lorsque je commence à me demander si j'y arriverai. Un bébé, un appartement, le travail, c'est beaucoup quand on n'a que dix-huit ans. Même, c'est bien trop.

Je tourne la tête, regarde Alexis dormir paisiblement, qui en attendant la prochaine sonnerie fait la grasse matinée. Comme il est beau, avec ce rayon de soleil taquin qui vient lui encadrer le visage! Je dépose un tendre baiser sur sa bouche, et me demande étrangement ce que je ferais sans lui. Mon cœur se serre juste à la pensée de ne plus pouvoir me réveiller chaque matin près de lui, de ne plus avoir sa force et son énergie pour continuer encore, pour lui et le bébé. Mon amour pour lui est intarissable et éternel.

Je me lève, m'avance vers la fenêtre en m'étirant. Je soulève un pan de la grande toile horizontale blanche, observe en souriant le soleil qui se pointe à l'horizon. L'aube qui se lève prend parfois des proportions inquiétantes, et le ciel qui vire au gris ne me paraît pas de bon augure, là-bas. Je ne suis pas superstitieuse, pourtant.

J'entre dans la salle de bain, me confrontant au reflet du miroir qui me regarde d'un œil bizarre. Pas que je me trouve déjà grosse, ces nouvelles formes qui m'enveloppent me vont en fait plutôt bien. Mais il y a dans mes yeux une lueur apeurante, assez conforme au sentiment qui m'oppresse le cœur en ce moment. Je crois qu'on pourrait appeler cela de l'intuition féminine, cette impression assez désagréable que quelque chose de mauvais va arriver sous peu.

Tout de suite, j'ai peur pour mon bébé. Je vais chez le docteur cet après-midi, je lui demanderai si tout va bien. Mais si ce n'est pas ça...

Sous la douche, j'essaie de voir les raisons possibles de l'angoisse grandissante qui se propage en moi. Alexis demande si je ne suis pas malade, mais je ne sais que répondre puisque je ne sais pas moi-même ce que j'ai.

Je ne suis pas retournée à l'école. Il y a trop de

choses, là-bas, qui me rappellent une autre vie. Trop de souvenirs qui me dévisagent, qui me transpercent sans vergogne. Je ne sais pas pourquoi j'y pense, mais il m'arrive de croire qu'il ne me sert à rien de continuer.

J'ai croisé Mathieu, dans l'autobus, qui a baissé la tête à ma vue. A-t-il la moindre idée de ce qui se passe en moi? Du moins a-t-il respecté sa promesse et me fiche-t-il la paix, maintenant. Seulement, je ne pense pas que l'on puisse m'attribuer le mérite d'avoir modifié sa façon d'être. Plutôt demander à une prostituée de faire son métier avec cœur et amour...

Quelque chose le rend triste, et je ne devine pas ce que c'est. Mathieu est trop égoïste pour éprouver le moindre sentiment envers les autres. C'est donc lui et lui seul que ça touche. J'aurais envie, subitement, d'aller lui demander ce qui ne va pas. Et me faire envoyer paître.

La journée s'étire, s'allonge comme pour faire exprès. Mais cinq heures finissent par sonner, et je m'habille pour aller à mon rendez-vous chez le médecin.

Comme je barre la porte pour m'en aller, quelqu'un derrière moi me bouche les yeux de ses mains. Je n'ai pas besoin de demander qui c'est, je reconnaîtrais son odeur n'importe où.

— Salut, Alexis, qu'est-ce que tu fais ici? lui demandé-je d'une voix mielleuse.

— Ce n'est pas juste, tu m'as reconnu! gémit-il en affichant un air piteux.

Il m'embrasse et me garde longtemps dans mes bras, comme si je risquais de me volatiliser. Puis il me regarde étrangement, me cache quelque chose. Il me prend la main, la retire et la reprend, hésitant, je le sens, à me dévoiler ce qu'il a sur le cœur.

— À quelle heure, ton rendez-vous chez le médecin? débite-t-il soudain à toute allure, comme si le temps pressait.
— Six heures trente. Pourquoi? m'étonné-je.
— Tu peux me rejoindre sur la terrasse, au coin de la rue, quand tu auras fini?
— Bien sûr, Alexis.
— Je t'aime, Sarah.

Il plante un baiser sur mon front, et repart aussi vite qu'il est arrivé.

Je songe à ce que j'ai ressenti ce matin, devant le miroir. Et si c'était quelque chose de grave? Voilà, je fais de la paranoïa.

Mon rendez-vous chez le médecin se déroule normalement, et j'en suis rassurée au plus haut point. Au moins, mon bébé se porte bien. « Aussi bien qu'un footballeur en pleine forme », m'a assuré mon médecin.

Il n'y a pas beaucoup de monde sur la terrasse du petit café d'à côté de la boutique où je travaille. Moi et Alexis adorons venir ici depuis qu'il fait beau. Nous pouvons parler sans craindre d'être entendus, car le patron nous installe toujours à la table du fond, tranquille et à l'ombre.

Alexis me fait signe de venir, et me dévisage bizarrement. J'ai hâte qu'il me dise ce qui ne va pas, qu'on puisse ensemble trouver une solution afin qu'il reprenne le sourire qu'il a laissé tomber. Je m'assois, il me fixe intensément.

— Tu es trop belle pour moi, Sarah, dit-il d'un ton presque trop pompeux. Trop belle pour qui que ce soit.

Je prends le parti d'en rire, pour détendre l'atmosphère.

— Ils sont trop verts, tes yeux, Alexis, lui dis-je en voulant imiter l'ambiance dramatique de l'instant d'avant, avec juste une pointe d'ironie en dessous. Trop verts pour autre que moi.

Mais il ne rit pas, il reste de marbre. Alors je me tais, paralysée par l'attente.

— Je crois que je ne t'ai jamais dit que je détestais les grandes villes, non?

Je cherche, sans trouver. Bien sûr, il a grandi à la campagne, mais il fait aussi partie intégrante de Montréal.

Ça y est, j'y suis. Il veut foutre le camp.

— Tu veux larguer les amarres, capitaine?

Il baisse la tête, la relève et regarde par-dessus mon épaule.

— Oui, on peut voir les choses sous cet angle, en fait.

Il semble réfléchir à une façon de ne pas me froisser. Et pour la première fois depuis que j'ai fait sa connaissance, il me paraît étranger, même en ces lieux. Est-ce là Alexis, qui se défile et qui tourne autour du pot? Je me sens exclue, et je sais que l'impression demeurera quand il m'aura exposé les faits.

— À vrai dire, non. On m'a offert un emploi formidable, aujourd'hui. Payant, intéressant, enrichissant. Seulement... c'est à l'autre bout du monde, à la baie James.

Je l'observe, et je vois que l'éclat qui brille dans la prunelle de ses yeux ne trompe pas. Il meurt d'envie d'y aller, juste pour voir. Et je vois aussi, juste en arrière, un regard triste et implorant. Peut-être cela revêt-il une importance spéciale, pour lui? J'inspire profondément, puis réfléchis. Alexis ne me met pas devant le fait accompli, puisqu'il n'a pas encore pris de décision. Mais si je l'en empêche, il sera encore plus malheureux, et notre couple s'en ressentira tôt ou tard. J'ai envie de pleurer, mais je sens que je le rendrai coupable, et qu'il n'ira pas juste pour ne pas me rendre triste. Il en a bien assez fait pour moi, c'est à mon tour de l'aider à être heureux. Je le regarde, et lui souris.

— Ce serait merveilleux que tu puisses aller là-bas, Alexis. Vraiment.

J'ai dit cela d'une voix douce, la plus douce que j'ai trouvée. Au fond je suis triste, mais son bonheur à lui compte aussi. Il me scrute, un peu comme s'il avait déjà prévu son discours pour me persuader et que je n'aie pas répondu ce qu'il croyait.

Il me prend les mains, dans un geste hautement théâtral.

— Sarah, il n'existe sans doute pas, sur cette planète, un être aussi incroyable que toi.

Je vais garder pour moi toute l'angoisse, tout le ressentiment qui se forment en moi. Son bonheur, oui. Mais lui vient irrémédiablement de gâcher le mien. Je ne saurais dire pourquoi, mais je ne crois pas vraiment à cette histoire de baie James. Je n'y crois même pas du tout. Alexis exècre le froid, tout autant que moi. Et il ne travaille pas pour l'argent, ça lui pue au nez de faire quelque chose qu'il déteste.

— Ne dis rien, surtout. Contente-toi seulement de me transmettre la vérité, et de faire ce qui te semble être la meilleure chose. Tu n'as aucune permission à recevoir de ma part.

Mon ton est sévère, doucereux.

Sa bouche se fend d'une oreille à l'autre, et je me résigne à l'implacable évidence d'avoir pris, selon lui, la bonne décision.

— Tu as changé ma vie du tout au tout. Autrefois, je n'étais qu'un fleuriste destiné à ne rien vivre d'autre qu'une existence de minable, et maintenant j'ai un but dans la vie : devenir quelqu'un, pour toi et pour le bébé. Merci mille fois, Petite Rose.

Ses paroles font du bien, car je les sais sincères. Et je décide d'en profiter tant qu'elles sont encore solides, et directement adressées à mon intention. On ne sait jamais le cours que peut prendre une vie quand on décide soi-même de la changer. Mais son regard me brûle, et je me laisse emporter par sa passion dominante.

Le temps s'arrête, j'aimerais saisir cet instant si près de la perfection et le fixer à tout jamais dans mon cœur, pour ne pas l'oublier. Je joue machinalement avec la chaîne qu'Alexis m'a offerte, symbole de tant de choses à mes yeux!

Il fait un geste au serveur, à qui il commande une bouteille de son meilleur champagne. Plutôt paradoxal, en fait. Que fêtons-nous?

# Mai

## Résignation

*Poussin,*

*Mon cœur est en peine, aujourd'hui. J'essaie de ne pas trop penser aux prochains mois, qui certainement seront longs et froids. Alexis, mon amour, s'en va loin de moi. Alexis, ma lumière, me laisse seule. La baie James et l'Australie, c'est sûrement dans le même coin. À moins que ça ne soit ailleurs, mais tout aussi loin...*

*Heureusement que tu es là, là-dedans, sans quoi je ne me sentirais probablement pas la force de continuer.*

*C'est merveilleux, déjà tu commences ton troisième mois. Maintenant tu ressembles à un bébé, tes yeux se sont rapprochés et tes oreilles se sont placées à l'endroit adéquat. Je suis certaine que tu seras le plus mignon de la terre, garçon ou fille.*

*Je n'ai pas voulu savoir ce que tu étais. Un petit paquet d'amour avec un sexe quelconque, qui ne fera pas de différence pour moi.*

*Je me demande parfois comment tu seras. Pas violent comme Mathieu, j'espère, car tu ferais de moi une mère malheureuse. Bébé, un jour il faudra que tu me promettes de ne jamais être comme lui, cruel et tellement sans pitié! Je me doute que tu voudras retrouver ton véritable père, pourtant, car tout être humain porte dans ses gênes l'envie de savoir d'où il vient.*

*Il faudrait que j'apprenne à Mathieu qu'il sera père, même si ça ne risque pas de lui faire grand-chose.*

*Je suis bien fatiguée, aussi vais-je me voir dans l'obligation de te souhaiter la meilleure des nuits.*

*Maman.*

Alexis, peux-tu me dire pourquoi tu pars? Juste au commencement, juste quand ça allait tellement bien entre nous... La femelle que je suis ne s'était pas trompée dans ses pressentiments, sa prémonition.

Je suis horrifiée à l'idée que tout change, que tout ne soit plus qu'illusoire. Une véritable relation de couple peut-elle survivre à des kilomètres de distance, quand on est si jeunes et si incertains?

## Conseil

Je replace mécaniquement une mèche rebelle qui me pend au bout du nez, et je pose mon chiffon sur le comptoir. J'ai fait un travail d'enragée, astiquant furieusement tous les meubles de la maison d'Angéline. Nous avons décidé d'aller chez elle pour la fin de semaine, et Alexis travaille dehors sur le terrain. Il plante des roses.

— Tu me sembles bien tourmentée aujourd'hui, Sarah. Est-ce déjà l'amour qui s'effrite, ou simplement un orage qui passera? demande bien innocemment la vieille dame, qui commence à me connaître mieux que moi.

Ce n'est ni l'un ni l'autre, pourtant. C'est l'amour qui s'en va, et mon cœur qui orage de ne pas pouvoir l'en empêcher.

— Je n'ai jamais prétendu être amoureuse de votre petit-fils, madame Deschênes. Mais je ne peux pas cacher l'appréhension qui me ronge à l'idée de passer seule les derniers mois de ma grossesse. Plus le temps avance, et plus je me sens incapable de faire quoi que ce soit.

La sage Angéline n'est même pas surprise, et elle me fait signe d'approcher.

— Tu es forte, Sarah, et je ne vais certainement pas croire cette histoire sotte de bonne femme. La seule peur qui te ronge, c'est celle de t'ennuyer de lui. Je le vois, c'est écrit sur ton visage. Et s'il s'en va bien loin, il reviendra puisqu'il t'aime, non?

J'ai envie de la croire, ou de me croire moi-même. Car un certain doute commence à s'insinuer en moi, quelque chose de très désagréable qui ressemble à une conspiration. Angéline sait-elle quelque chose que j'ignore?

— Que tu aies peur, il ne m'est pas très difficile de le concevoir. Il faut se battre pour garder son homme, parfois, et surtout quand il ressemble à ton Alexis. Mais c'est toi qu'il a choisie, et puis il y a ton bébé. Il m'a dit qu'il serait toujours là pour vous deux.

Je relève la tête, stupéfaite. Je ne savais pas qu'Alexis avait parlé à Angéline de cette façon.

— Il m'a fait la promesse solennelle de ne pas vous abandonner, quoi qu'il advienne. Ne t'en fais donc pas sur ce point.

Je la regarde à nouveau avec de grands yeux, n'étant pas sûre de comprendre ce qu'elle veut dire.

— Alexis a besoin de partir, Sarah. Je sais bien que c'est difficile à comprendre, mais tu dois l'accepter et passer par-dessus. Quand il aura pris tout l'air, toute la liberté qui lui manquent, il reviendra à temps pour prendre ses nouvelles responsabilités. Et prendre soin de toi.

— Je ne veux pas qu'il prenne soin de moi, Angéline. Je veux seulement qu'il m'explique pourquoi il part. Ce n'est pas clair, tout ça, et j'ai envie de savoir. Vous savez, vous? Vous avez été mise dans le secret?

Un éclair, au fond de ses yeux, m'indique que j'avais vu juste depuis le début. Il y a autre chose, en dessous.

— Tu es une jeune femme intelligente, Sarah. Certaines paroles n'ont pas leur utilité en ce bas monde, car elles font souffrir ceux qui doivent les supporter. Sois celle qui se tient debout malgré tout, malgré toi et malgré lui. Et ne lui en parle surtout pas.

J'ai du mal à saisir le bien-fondé de ce message. Est-ce un avertissement, ou un simple conseil? En la quittant, le dimanche soir, elle me glisse à l'oreille quelque chose d'étrange.

— La vérité, ce sera à lui de te la dire. Pas à toi de la découvrir.

*Imminence*

Le temps est quelque chose qui ressemble fort à du sable, nous glissant encore et toujours entre les doigts, sans que l'on puisse même pouvoir le retenir. Parfois on voudrait le suspendre, et dès lors il se met à courir... Mais jamais, quand on le trouve long, il ne prendra la peine de se dépêcher un peu, égrenant ses minutes à la lenteur d'un escargot.

Alexis part demain, déjà. Un amoncellement de valises se dresse entre nous, et les mots en moi meurent à l'endroit même où ils sont conçus. Tout m'étrangle, y compris les sanglots. Mais lui déambule, me jette des regards à la dérobée. Je sens que ça lui coûte de devoir me mentir, autant que ça me coûte de devoir le supporter.

J'aimerais bien connaître celui qui a dit que les femmes étaient des êtres compliqués. Les hommes, en comparaison, sont infiniment plus complexes et plus subtils à déchiffrer, par leurs mensonges qui se confondent tellement bien avec leurs vérités...

Alexis veut partir, ce n'est pas un grand mystère. Mais, pour s'en aller l'esprit tranquille, il voudrait que je le supplie de rester, juste pour qu'il sache que je l'aime. Seulement il est un Homme, avec un grand H. Et un Homme ne dirait jamais cela, surtout pas à Celle qu'il aime prétendument.

Il a dit qu'il m'écrirait. Alexis, m'écrire? Alexis déteste par-dessus tout écrire. Il ne m'écrira pas.

Ça me fait mal de penser qu'il ne sera plus là, le matin, pour empiéter sur ma moitié de lit comme s'il était célibataire. Toutes ces petites choses tellement stupides, ces petits gestes tellement banals, ces petits mots tellement gentils qu'il susurrait à mon oreille disparaîtront avec lui.

Il reviendra aux alentours du mois de septembre, alors que je serai grosse et insupportable.

Mon bébé. Que devient-il dans tout cela? Il sera là pour me consoler, me réconforter, et pour m'empêcher de m'ennuyer les soirs où je serai seule.

### *Indépendance*

Je n'ai même pas versé une larme. Je suis restée stoïque et droite, comme le petit soldat de plomb sur son unique jambe. Il m'a embrassée sur la joue, puis est disparu dans un nuage de poussière. Comme dans un film western. Sauf que je n'ai pas brandi le petit mouchoir, parce que je m'en suis servie pour me moucher. Ou faire semblant.

Je n'ai pas appelé Angéline, je n'ai appelé personne. J'ai refermé la porte derrière moi, et j'ai tiré sur les rideaux de dentelle blanche de la cuisine pour ne plus voir la cour arrière. J'aurais préféré que ce soit l'hiver et qu'il n'y ait pas cette rose, dans le jardin.

Je me suis couchée dans son lit, en respirant l'odeur qu'il y avait laissée. Et je me suis imprégnée de tout ce qu'il est, de tout ce qu'il restera.

Mes pensées se bousculent comme les boules dans un jeu de loterie. Elles s'entrechoquent et ne tombent jamais sur le bon numéro. Jamais. J'échafaude des plans, des hypothèses. Mais ce n'est peut-être pas ça, non plus. De douleur, je serre mes bras contre mon corps en espérant ainsi me calmer. Ce n'est pas si drôle, être ici.

Puis, soudain, je me suis relevée d'un bond. Il n'est tout de même pas question que l'amour, ce simple amour, me mène par le bout du nez. Je dois vivre pour tout ce qu'il y a d'autre, et ne pas y déroger. Angéline avait raison, somme toute. Me laisser abattre ne le fera pas revenir. Au contraire.

Je m'habille, et fais un saut jusqu'à la boutique. Ma patronne, qui sue à grosses gouttes, ne paraît pas mécontente de me voir arriver. Et je m'absorbe de travail pour éviter de me ronger les sangs.

À ma façon, j'ai moi aussi changé ma vie, aujourd'hui. Travailler m'assure le bien-être auquel je veux pouvoir avoir droit, tout en m'occupant assez l'esprit pour ne pas le laisser toujours galoper vers le même centre d'intérêt. Évidemment, Alexis a promis de m'envoyer chaque mois sa part du loyer. Et un petit supplément, pour mes dépenses personnelles. Je n'ai pas besoin de son argent. Je n'ai, en fait, pas besoin de lui.

Je vais lui envoyer une lettre pour lui dire de ne pas m'envoyer le moindre dollar. Il ne vit pas ici, pour l'instant, et j'ai de quoi largement subsister. Tant pis s'il se fâche, s'il me l'envoie quand même. Je le lui renverrai par la prochaine missive, un point c'est tout.

J'accomplis, en ce jour, mon premier pas vers l'indépendance.


### Résolution

J'ai presque pu voir le sourire d'Angéline, hier, quand je lui ai annoncé que je ne voulais plus dépendre aucunement d'Alexis. Elle a dit qu'il avait téléphoné, et qu'il se portait très bien. À nouveau, j'ai senti que quelque chose clochait.

Angéline parle beaucoup du peu de temps qu'il lui reste, ces derniers jours. Et malgré tous les efforts que je fais pour tenter de la rassurer, elle persiste à me faire ce qu'elle appelle désormais ses dernières recommandations. Faire attention à moi, à ma fragilité. Laisser mon enfant grandir comme une fleur, à son gré. Et ne pas laisser s'envoler Alexis, jamais.

— C'est toi qu'il lui faut, Sarah. Même si, aujourd'hui, vous ne vous entendez pas toujours, ensemble. Sois pour lui ce que tu voudrais qu'il soit pour toi.

C'était difficile de l'entendre et de devoir aussi l'écouter. Ne pas pouvoir trier l'information, comme je me plais à le faire habituellement. Prendre ce que je trouve bon, et délaisser ce qui me semble superflu.

— Vous êtes deux morceaux de casse-tête pas encore assemblés. Un jour, tu t'en apercevras, vous vous emboîterez naturellement l'un dans l'autre; l'un pour l'autre.

Je ne croyais pas qu'il puisse y avoir une aussi grande dose de romantisme à l'intérieur de cette grand-mère presque au bout de sa vie. Alors que moi, je ne sais même pas ce que c'est. Peut-être la sagesse amène-t-elle cet élément, après avoir un peu vécu.

On ne parle pas souvent du bébé, elle et moi. Car il est sacrilège, puisque son père n'existe pas. Elle attend que vienne le jour où je lui parlerai de Mathieu, il me semble. Mais chaque fois que les mots sont sur le bord de mes lèvres, quelque chose m'empêche de continuer.

Pour parler de Mathieu, il faudrait que je raconte une histoire que personne d'autre que lui et moi ne connaissons. Notre seul secret. Et, sans savoir pourquoi, c'est sans doute aussi la seule chose que je veux voir demeurer intacte de nous. L'histoire. L'histoire d'une souffrance, longue et profonde. Qui d'autre que nous a besoin de savoir le récit d'une aussi laide blessure, infecte et virulente? Pas elle, sûrement.

Raconter cette histoire, ce serait comme de passer le flambeau de la douleur à quelqu'un d'autre. Et il y a encore assez d'amour, de bonté au fond de moi pour ne pas que je veuille une telle chose. Personne ne devrait avoir le droit de souffrir autant. Pas même moi.

Je mettrai mon enfant à l'abri du mal. Je l'empêcherai de rencontrer Mathieu, et il ne saura jamais qui est son père. Ainsi, il ne restera pas trace, en lui, de la pourriture dont il provient. Il poussera droit comme un chêne, et vivra vieux et heureux. Je ferai tout pour qu'il soit heureux. Tout. Et je ferai en sorte qu'il puisse croire qu'Alexis est son véritable père.

À sa naissance, je ferai brûler ces lettres que j'écris pour me libérer. De cette façon, il ne saura jamais par quel monstre il a été engendré. Et je demanderai à Alexis de garder le secret jusqu'à sa mort.

S'il ne m'aime pas, moi, il faudra bien qu'il l'aime, lui. Car ce sera son fils.

### Constat

Alexis a téléphoné, hier. Il n'aurait pas dû, vraiment. J'ai eu l'impression qu'il ne voulait pas me parler, qu'il avait envie d'être seul. J'ai eu l'impression qu'il était malheureux.

Il voulait être libre, et je lui ai rendu sa liberté. Plus d'obligations envers personne, plus de comptes à rendre nulle part. Volubile Alexis qui s'est envolé. Mais pas vraiment, on dirait. Il flotte dans les airs, un poids attaché au pied pour l'empêcher d'aller plus loin. Prisonnier de sa propre liberté.

Je ne sais pas pourquoi. Est-ce ma faute, est-ce la sienne ou celle de quelqu'un d'autre? Il s'emmure dans son secret que je n'ai pas le droit de percer, moi qui voudrais tant l'aider pourtant.

Il a inventé une histoire pour me calmer, tout en sachant fort bien que je n'en croirais pas un mot. Il a implanté d'autres règles au jeu, que je n'ai pas envie de jouer. Je lui ai fait jurer de ne plus me téléphoner. Cela ne sert à rien, parvenus à ce point. Faire semblant d'aller bien, chacun de notre côté, alors que l'on meurt à petit feu. C'est de la pure cruauté.

Il a aussi plié devant ma volonté de survivre sans son aide monétaire. Par obligation, a-t-il dit, et pour ne pas te perdre à nouveau. Un autre mensonge. Pour me perdre, il faudrait d'abord qu'il m'ait gagnée. Ce ne sera jamais le cas.

Mature. Je n'aurais jamais cru vouloir le devenir un jour, et surtout pas en amour, moi qui jadis disais que la jeunesse était faite pour être vécue à fond. Mais j'ai payé cher le prix de mes stupidités, et une fois ma dette remboursée, j'espère peut-être quelque chose qui n'existe pas. Je voulais vivre une vie normale, enfin.

L'indépendance qu'il se forgera au fil des jours est un mot des plus relatifs, qui peut prendre mille et une formes dans ma tête. Alexis ne sera plus comme avant quand il reviendra. Adolescent à son départ, il y a fort à parier qu'il n'en sera plus un à son retour. Il sera devenu un homme.

# Juin

## Aveux

*Bonjour, mon poussin,*
*Je partage avec toi la plus belle journée de ma vie, en songeant qu'elle aurait pu ne jamais exister.*
*Je t'ai senti bouger, toi. Au début, je croyais que c'était impossible, que c'était trop tôt peut-être... Oh! ça n'était qu'un tout petit coup, mais pour moi c'était grandiose. Comme si, à partir d'aujourd'hui, tu me donnais le véritable droit d'être ta mère. Comme si une complicité entre nous naissait.*
*Ton quatrième mois, déjà. Et plus le temps passe et plus j'ai hâte de voir à quoi tu ressembles, autre qu'en noir et blanc sur un appareil d'hôpital.*
*Alexis ne m'a pas écrit, surprise. Mais je savais, en le laissant partir, que je lui redonnais sa liberté. Il n'est pas le genre d'homme à trop s'attacher; il garde toujours en lui cette cruelle indépendance qui le sauvegarde de la tristesse.*
*Remarque, ton vrai père n'est guère mieux. Depuis cette dernière fois où j'ai tellement souffert, je n'ai plus eu avec lui une conversation digne d'être appelée ainsi.*
*Je t'aime, tu sais...*

Voilà que je décide, après cette lettre, d'accomplir quelque chose de vrai. Cet enfant saura un jour la vérité, le contraire m'étonnerait plutôt. Son père, c'est Mathieu. Mathieu Morency, aussi ignoble soit-il.

Je prends l'autobus, à nouveau, pour me rendre dans les quartiers pauvres de Montréal. J'ai mal au cœur, comme toujours, de penser à l'endroit où je vais, mais je m'efforce surtout de penser au bien-fondé de ma mission. Je descends à un arrêt qui n'évoque en moi que tristes souvenirs, plus morte que vive.

Sa maison – un taudis – me regarde, semble me narguer de toute sa peinture écaillée qui lui donne l'air si misérable. Je gravis non sans peine les marches chambranlantes du perron, puis cogne très fort à la porte. Pour enterrer les battements de mon cœur, sans doute.

C'est Mathieu en personne qui me répond, mal éveillé ou pas encore endormi. Il m'invite à entrer, d'une voix à peine audible. Ses yeux rouges et la chaleur qui se dégage encore du poêle me laissent fort bien présumer de ses activités nocturnes, mais contrairement à l'habitude je n'exprime aucun commentaire.

— Qu'est-ce que tu es venue chercher, encore? me demande-t-il d'un ton poli mais sans plus.

Je sens que je le dérange et qu'il n'adore pas cela.

Une fille avec rien ou presque sur le dos sort de sa chambre, les bras striés d'égratignures. Elle boite légèrement de la jambe gauche, et a du mal à atteindre la salle de bain tellement elle semble être sous les effets de la drogue. Elle remarque soudain ma présence et je vois, au fond de ses yeux, un bref éclair de lucidité. Une envie de crier, il me semble, que j'aimerais infiniment qu'elle exprime. Pour moi, pour toutes ces fois où je n'ai pas eu le courage de le faire... La dernière fois, surtout.

Mais elle retourne vite à son monde et ne se préoccupe plus de moi, encore plantée au beau milieu de la cuisine. J'ai pitié de cette fille, parce qu'elle est identique à ce que j'étais, avant.

Mathieu attend toujours la réponse à sa question, tout en me scrutant minutieusement de haut en bas. Cela m'agace au plus haut point, cette façon irrespectueuse qu'il a de nous jauger au travers de ses yeux absous de sentiments. Je n'ai pas le choix, il va falloir que je joue franc jeu.

— Je ne suis rien venue chercher, froussard. Je suis venue pour t'annoncer quelque chose, lui dis-je en mettant trop d'emphase sur mes mots.

Ma voix est douce. Trop douce, me semble-t-il.

Nous nous dévisageons un instant, le temps d'essayer de découvrir ce que pense l'autre. Mais l'une des seules choses qu'il m'ait jamais apprise, c'est encore de ne jamais rien laisser transparaître. Et je dois avouer que cela m'a bien servi, depuis le temps. Je reste de glace, et j'essaie de donner à ma voix un ton monocorde et indifférent.

— Tu vas être papa, Mathieu. Je voulais au moins que tu le saches, pour le cas où cet enfant se mette dans la tête de vouloir te retrouver un jour. Pour le reste, je m'occupe de tout et je ne te demande rien. D'ailleurs, je constate que tu n'as pas grand-chose...

Il m'adresse, pour toute réponse à ma remarque, un regard sauvage et effrayant, puis reste soudain pétrifié de savoir que la vie, malheureusement, n'offre pas que des cadeaux. Il se lève lentement, prend un verre et y verse de l'eau, qu'il avale goulûment. Sans douceur, il renvoie la pauvre fille qui a sans doute passé la nuit à subir ses assauts. Puis il referme la porte et me demande de m'asseoir, non sans m'avoir offert promptement quelque chose à boire. Je refuse, prête à écouter ses mensonges.

— Sarah... commence-t-il sur un ton las, comme si tout le poids du monde tombait soudain sur ses larges épaules. Je mène une vie de débauche, comme tu vois. Et je n'en ai même pas honte, parce que rendu où j'en suis, je ne risque plus rien.

Je le regarde sans comprendre, bêtement. Il n'a jamais été très heureux, mais est-ce là assez pour tenir ces propos devant la future mère de son enfant?

— Tu seras contente d'apprendre que c'est mon tour de payer pour toutes les erreurs que j'ai commises dans ma vie. La mort m'attend au prochain détour, Sarah. J'ai dix-neuf ans, et je vais mourir d'une maladie très à la mode ces temps-ci! J'ai le sida.

Interloquée, je fixe un point flou dans l'espace sans rien dire. Je me lève, le serre dans mes bras. Je l'ai aimé, tout de même, et on ne peut oublier quelqu'un qui a autant compté pour nous. Tout compte fait, cela ne me surprend même pas. Mathieu n'était pas fait pour vivre longtemps.

Je ne le reverrai pas. Cela me ferait trop mal de voir ce gars, cet homme qui a marqué à jamais ma vie, dépérir après avoir été le maître du monde. De mon monde. Je vais lui dire au revoir une dernière fois, puis je m'en irai sans regarder derrière. Avec le sentiment d'avoir accompli ma mission.

— Le bon Dieu a un cœur, Mathieu. Il te pardonnera, j'en suis sûre.

Les larmes me montent aux yeux, et je m'en vais sans dire un mot de plus. Des adieux, nous nous en sommes déjà fait il y a bien longtemps. Depuis ce jour, en fait, où il m'a volé ma virginité. Parce qu'il l'a emportée avec lui, même si elle ne lui a servi à rien.

Je retourne chez moi, l'âme vide. Je lui ai gracieusement laissé ce qui en restait.

### Froidement

J'ai bien réfléchi, depuis deux jours. Pour tomber enceinte, il a bien fallu que je fasse l'amour avec Mathieu sans condom. Et si ses spermatozoïdes ont été assez forts pour engendrer un bébé, il n'y a vraiment aucun obstacle à ce qu'ils m'aient aussi transmis cette maladie. Aussi, je me sens aujourd'hui obligée d'aller passer le test de dépistage du sida.

C'est drôle, je n'ai même pas peur. Je me sens comme si j'étais en dehors de moi, comme si mon âme flottait au-dessus de mon corps. Seul bébé, parfois, me fait retomber sur terre en me terrassant de coups. Je lui parle, je le console.

— Chut... T'en fais pas, mon amour, je suis là. Ouch! C'est pour les Jeux olympiques que tu t'entraînes ou si tu piques une colère noire? Ça va aller, je t'aime.

Tout se calme en dedans de moi, comme s'il m'avait compris. La plus grande tendresse du monde m'envahit, simplement de penser que ce petit être existe à cause de moi. Mathieu n'aurait pas fait un bon père, même s'il en avait été capable. Je suis triste de savoir qu'il va mourir, mais au fond, il faut bien l'admettre, tout ça n'est que justice.

Alexis devra faire un bon père, même s'il ne fait pas un bon mari. Car il me l'a promis, car s'il n'avait pas été là pour m'en convaincre, je ne serais pas là à me demander qui diable sera son père.

Sans savoir comment, je me retrouve pour la seconde fois dans ma courte existence entre les murs du C.L.S.C. Je suis calme, bien trop calme. Comme si je savais au fond ce que l'infirmière allait m'annoncer, comme si je m'en foutais éperdument... Elle m'explique gentiment que le test que je vais passer s'appelle « Elisa ». S'il s'avère positif, la prochaine étape sera le test « Western Blot », plus précis et plus sophistiqué.

Après la prise de sang, je m'en vais chez moi dormir en espérant que ce sera pour toujours. Je suis si fatiguée, le moindre effort m'épuise.

À mon réveil je me sens un peu mieux, un peu plus sur terre. Mais la panique m'étreint le cœur, beaucoup plus à savoir ce que je vais maintenant faire que si j'ai contracté la maladie. Je n'ai pas tellement de doutes, je ne saurais expliquer pourquoi. Un signal d'alarme, au fond de moi, crie à tue-tête que c'est irrévocable. En fait, c'est à ce petit être qui vit en moi auquel je pense. Pauvre petit bout de chou, qui ne mérite absolument pas d'hériter de l'irresponsabilité de ses parents... Pour ma part, il y a longtemps que je sais que tout est fichu.

*Bonjour, mon bébé,*
*Je ne me sens pas bien aujourd'hui, j'ai mal en dedans comme si on m'arrachait la peau, comme si le fait de me*

*sentir bien physiquement amplifiait la certitude que, sournoisement, le véritable Mal m'envahit sans que je m'en aperçoive.*

*Je vais mourir, mon amour. D'une terrible maladie, que ton père m'a donnée comme dernier cadeau. Je ne lui en veux pas personnellement; je l'ai rencontré hier et je lui ai tout pardonné. Il semble qu'il soit destiné à n'avoir jamais été heureux de toute son existence, le pauvre. C'est peut-être parce que Dieu a voulu le punir de toutes ces souffrances qu'il a infligées aux autres qu'aujourd'hui c'est son tour de nous regarder au travers des yeux de vitre. Quoi qu'il en soit, je te demande tout de même de ne pas lui en vouloir, ni de m'en vouloir à moi.*

*Si je meurs, c'est en orphelin que tu verras le jour, pauvre enfant. Le sida est une maladie extraordinairement destructrice, et ma seule espérance est que tu ne l'aies surtout pas. Espérance bien maigre, par ailleurs.*

*Ma vie pour le moment est un énorme chaos, qui me fait perdre petit à petit deux hommes qui ont beaucoup compté pour moi. Mathieu, ton père et le premier amour de ma vie. Je l'ai aimé jusqu'à souhaiter sa mort et la mienne. Ironie du sort... mon vœu sera exaucé!*

*Alexis, que j'aime de tout mon cœur. Mais lui a choisi autre chose, il s'est enfui en quelque sorte. Enfui de quoi, enfui pourquoi, tu pourras peut-être lui poser toi-même la question, un jour. Avec moi, il demeure une énigme insoluble. Seulement, j'ose espérer qu'il ne dérogera pas à sa promesse, car je mourrai malheureuse d'apprendre que mon enfant n'aura pas de père.*

*Tu vois, je t'avais bien dit que la vie n'était pas une partie de plaisir. L'émotion à cette heure me noue la gorge, et les larmes brouillent mes yeux et m'empêchent de bien voir ce que j'écris.*

*Je t'aime...*

## *Panique*

Tout ceci n'est qu'une simple histoire de lymphocytes. Rien de plus. Un système immunitaire normal les active sans problème, en une réaction en chaîne dont il résulte que les lymphocytes finissent par détruire les microbes. Mais un système atteint du V.I.H. (virus du sida) détruit les lymphocytes, qui n'arrivent plus à éliminer les microbes.

Les lymphocytes, c'est seulement le nom savant des globules blancs. Notre armée intérieure.

Cela revient à dire que notre corps est sans défense, et qu'il ne peut donc pas survivre. Aussi simple que ça. L'armée meurt, et nous aussi.

Je sens le combat engagé en moi, et je ne sais quoi faire, qu'en penser. On serait porté à croire que quelqu'un qui vient d'apprendre qu'il est frappé d'une aussi terrible maladie meurt sur-le-champ, simplement de le savoir. Mais non. Je nage dans une mer d'incertitude. J'ai eu peur de continuer mes recherches, et de découvrir la vérité que les autres me cacheront. Plus tard.

Une panique s'infiltre calmement, se tapit dans les coins pour le cas où je voudrais l'éviter. Impossible d'oublier, ne serait-ce qu'un instant.

Il faut que j'aille voir Angéline. Là, maintenant. Me faire consoler rudement, bercée par ses légendes grotesques. Que j'aille lui dire que son petit-fils est un beau salaud, que je le déteste. Il faut que j'aille en cure.

## Sagesse

Il ne lui a pas fallu maintes explications pour tout comprendre. Elle m'a prise fermement par la main et m'a installée sur le sofa, après avoir pris le soin de poser un oreiller sous mon dos. Ensuite, elle s'est assise face à moi. En silence, comme toujours. Angéline n'aime pas parler. Elle préfère entendre ce que nous avons à dire avant de se révéler. Alors elle a attendu que je lui dise. Mais comment dire du mal d'Alexis, alors qu'elle-même le chérit autant? Et comment raconter, simplement, la mort qui rôde autour de moi?

On aurait dit qu'elle savait. On dirait que les vieilles savent toujours tout.

— Alexis va revenir, ma petite. Suffit d'une grande dose de patience et d'un cœur à toute épreuve. Je sais que tu possèdes tout ça. Pour l'instant, il ne te sert à rien de te morfondre. Va-t'en.

Je reste là, sans réaliser vraiment ce qu'elle me dit. Partir? Mais où?

— Tu es malade, Sarah. Et tu ne guériras pas. Alors va-t'en, profite un peu de cette vie que tu n'as pas pour longtemps... Rends-la plus belle que tout ce que tu imaginais, et reviens quand tu seras forte et prête à affronter Alexis.

C'est drôle, je n'avais pas envisagé l'idée qu'ailleurs, c'était peut-être mieux qu'ici. Un autre soleil, un autre ciel m'aideraient-ils à me sortir de mon marasme? Le doute me fait un instant vaciller, mais Angéline me regarde encore fixement.

— J'ai une amie, au Mexique, qui tient un hôtel sur le bord de la mer. Superbe, à ce qu'il paraît. Et il fait bon vivre, là-bas, quand on a la peau blanche comme toi. Je vais lui dire qu'elle a une nouvelle cliente. Elle t'installera sans doute dans un condominium, et tu seras bien.

Bien. Quelle notion accorde-t-elle à ce mot? Mais par point de comparaison, rien ne peut être pire qu'ici, en ce moment.

— Je ne suis pas riche, Angéline.

Je l'appelle rarement par son prénom, pour qu'elle comprenne l'importance qu'il prend pour moi lorsque j'en use.

— Qui a parlé d'argent, mon enfant? Je te paie un bout de bonheur, et tu fais le reste. Tu m'enverras des cartes postales, si ça te chante.

En fait, je sais qu'elle ne veut pas que je réponde et qu'elle serait fâchée de me voir décliner l'offre. La question monétaire ne la préoccupe aucunement. Toute sa vie, elle a géré la fortune de son mari qui était pour le moins importante. Elle cueille, maintenant, le fruit de ses efforts et ne lésine pas pour en faire profiter aux autres. Moi la première.

Elle a pris le téléphone en moins de deux, et a tout arrangé pour le mieux.

— Fais tes bagages, petite. Tu pars après-demain, et pour un long mois. Et n'apporte pas tes trucs d'hiver, surtout. À ce qu'il paraît, il fait très chaud là-bas.

C'est bien ce que j'ai fait, en arrivant chez moi. Sans trop prendre le temps de réaliser ce qui allait m'arriver, et en espérant ne pas oublier trop de choses. Demain matin, à l'aéroport, un poids s'en ira de sur mes épaules, et ce sera tant mieux.

## Fuite

Il est étrange de partir alors que la température est splendide, à Montréal. Les vendeurs ont sorti leur marchandise sur le trottoir, et les passants ont cet air heureux qu'on ne leur a pas vu depuis un moment déjà. Au mois de juin, le Québec se réveille et explose d'énergie, après avoir été confiné aussi longtemps dans la neige, la *slush* et le froid. Enfin, on respire à fond. Enfin, la ville semble presque propre.

Je n'ai pas eu à mentir à ma patronne. Je lui ai simplement dit que j'étais malade et qu'il fallait que j'aille me reposer dans un climat plus sec et plus... loin. Elle a dit « drôle d'idée, en été », mais m'a tout de même souhaité bon voyage. Elle me gardera ma place, sous toute réserve. Mais que serai-je devenue, dans un mois?

Angéline m'a affirmé au moins cent fois qu'elle allait mettre Alexis au courant de mon départ. Non pas des raisons. Cela, je vais le lui expliquer moi-même. Elle enverra quelqu'un s'occuper de l'appartement, et me téléphonera au moins une fois par semaine. Et elle m'a dit qu'il était temps que je fiche le camp.

Je prends donc la fuite, sans même avoir la confirmation des résultats. Mais je sais, je sens tout cela en moi. Et je sais que ce n'est pas un don de l'esprit ou une prémonition, mais plutôt le destin. Et on ne peut rien contre le destin. Il gagnera toujours au jeu de la vie. On déplace un pion, et quelque chose arrive. C'est toujours comme ça.

Prendre l'avion n'est pas une expérience des plus trépidantes. En fait, j'oserais dire qu'il n'y a pas beaucoup de choses aussi ennuyeuses que prendre cet engin volant. Ruinant, mais monotone au possible.

Par le hublot, je vois le paysage changer peu à peu sous mes yeux. D'accidenté il devient plane, et le vert fait place au brun. Plus loin, l'océan Pacifique. D'ici, il a l'air d'une surface lisse tranquille. La réalité est tout autre, je sais.

Puerto Vallarta, me voilà. C'est la première fois que je vois des palmiers. Ils flottent au vent comme un signe de bienvenue, et mon cœur se remplit d'une sensation qu'il avait oubliée. En descendant, je ne connaîtrai personne. Personne pour me faire peur, pour me donner envie de fuir. D'ailleurs je suis au bout de ma fuite, ici.

Il fait déjà noir, lorsque j'arrive à mon hôtel. Mais il faut dire que la nuit tombe vite, ici. La noirceur enveloppe tout d'un coup, en moins de deux. Il fait très chaud, du reste. Ma chambre est climatisée, et drôlement plus accueillante que ce à quoi je m'étais attendue. Le plancher en tuile brune, la douche en marbre blanc.

Au bout de la pièce, deux grandes portes vitrées qui s'ouvrent sur une immense galerie. Avec vue sur la piscine centrale de l'établissement. Au loin, je peux entendre le bruit des vagues qui se fracassent sur les rochers. Angéline avait, une fois de plus, raison. Je serai bien, ici.

Pour la première fois depuis des lustres, il n'y a pas en moi ce sentiment oppressant. Je me sens plus molle qu'un mollusque, et je n'ai envie de rien d'autre que de rester ici, pour l'éternité. Je suis ailleurs.

Le sommeil me gagne et je rejoins un lit, qui est maintenant mien. Je suis en vacances, et à partir de là, je ne m'octroie même plus le droit de penser. À ce qui fait mal. Je vais penser à moi. Pour une fois.

### Réflexions

C'est dans un état de béatitude que se commence ma journée. Un perroquet, en bas, m'a fait signe de sortir du lit. Et j'ai souri. Je ne me rappelais plus comme ça peut faire du bien, sourire. Sans me presser le moins de monde, je me suis habillée pour descendre déjeuner. Une panoplie de fruits exotiques déployant leurs charmes devant moi. Et du jus d'orange tout frais pressé.

À l'ombre, j'observe l'activité qui va déjà bon train sur la plage. Les serveurs passent, et disent « hòla ». Avec un sourire éclatant sur le visage. C'est la saison morte, au Mexique.

Je m'aperçois qu'en costume de bain, je deviens de plus en plus ronde. Comme une boule. Comme la Terre. Comme la vie. Tout est cyclique et rien n'y déroge. Pas même moi.

Séance de crème solaire intensive, suivie d'une exposition prolongée sur ma petite chaise de toile bleue.

Je me suis mise face à l'océan, derrière une paire de lunettes fumées. Si le paradis existe, voilà. Je l'ai enfin trouvé.

Ce qu'il y a de plus beau, en cet endroit où rien n'est laid, c'est l'océan. Il fait partie intégrante du décor, de l'existence de ces gens qui en vivent. Selon l'heure et le degré de lumière, il prend mille nuances, mille teintes de ce bleu qui inspire les artistes. Il est partagé, en son milieu, par une allée où le soleil se fraie un chemin, le fait éclater de brillance. De gaieté.

Océan, puissant océan. Ses vagues semblent prendre un élan pour venir violemment se briser sur son rivage, écumant sa rage dans un dernier soubresaut blanc, puis se retire timidement, sans laisser de trace sur le sable. Son sel brûle la peau, les yeux qui voudraient pourtant voir les trésors cachés au fond. La mer ne laissera jamais personne la posséder complètement. Je préfère d'ailleurs, et de loin, lui appartenir. Je suis Fille de l'eau.

Suis-je malade, encore? Je ne me rappelle plus. Il n'y avait sans doute rien, avant d'aboutir en ces lieux. Pas de bonheur, pas de tranquillité. Et c'est ce qui me manquait le plus.

Je guérirai peut-être, dans ces conditions. Je ne mourrai pas bêtement, comme un poisson qu'on sort de l'aquarium. J'ai le droit de vivre! Et ce n'est pas ma faute, c'est celle de Mathieu. Il ne savait jamais quand arrêter. Il ne savait tout bonnement pas comment s'arrêter. Mais alors, pourquoi faut-il que je paie le prix d'une erreur que je n'ai pas commise? J'ai le droit de vivre! Il faut que je vive, bordel. J'ai un enfant, un être humain qui grandit en moi et qui compte sur moi. Ce serait de la lâcheté que de l'abandonner ainsi... Non, vraiment, c'est impossible.

Je n'ai pas encore eu mes résultats. Il reste toujours cette possibilité, qu'on entrevoit même quand elle est infime. Ce bondissement, dans le cœur, à la simple hypothèse d'un revirement de situation. Cette calculatrice, dans ma tête, qui ne peut s'empêcher de compter les statistiques de mes chances de survie.

En fait, il me reste l'espoir. Sans espoir, tout est fichu. Autant se pendre, sans espoir. Autant mourir tout de suite, et tuer aussi mon bébé. Prisonnier de moi, de mon âme. Pauvre bébé. Je n'avais pas le droit de le tuer. Pas avant qu'il ne vive.

Je dérive, comme cette barque à l'horizon. Il ne faut pas penser à ça. Pas maintenant. Je vais aller me promener sur la plage, et partir à la recherche du bonheur perdu.

### Tirades

*Petite Rose,*
*Ma grand-mère m'apprend que tu es au Mexique, et tu ne m'en as rien dit. Jolie, la confiance. Je me suis demandé si cela t'intéresserait de recevoir de mes nouvelles, et je me suis dit que si je t'écrivais, j'aurais sans doute ma réponse. Mais voilà, il n'y a rien à dire de moi. Tout est sous contrôle, tout baigne.*

*J'espère que tu es bien, sous les palmiers, en plein été québécois. Drôle d'idée que tu as eue, il faut avouer. J'aimerais bien que tu m'écrives ce que tu fiches là-bas, et si les Mexicains sont mignons. Sois perspicace, je t'en prie... Baisers.*
*Alexis.*

Ma réponse fut aussi froide que le ton qu'il donnait à sa propre lettre. Et elle me laissa un goût amer dans la bouche.

*Cher Alexis,*

*Il me semble que ce n'est pas à toi de m'écrire cette missive. Il me semble, en fait, que j'aurais moi-même pu écrire tout cela. En remplaçant, bien sûr, le Mexique par la baie James. Est-ce bien là que tu es, au fond? Je n'ai aucune certitude, puisque je t'envoie cette lettre chez Angéline. Alors ne demande pas de comptes, et ne parle pas de confiance.*

*Ce que je fais ici est une histoire qu'il vaudra mieux que je te raconte en personne. Ou plus tard. Maintenant, cela s'appellerait de la futilité. Chacun ses secrets, n'est-ce pas? Sarah.*

*P.S. Les Mexicains n'ont de mignon que la gratuité de leurs gestes.*

### Morale

Il y en eut plusieurs autres comme ça. Des lettres de plus en plus hargneuses, où chacun gardait pour soi le plus important. Et je gâchais ces vacances à penser à lui, en relisant des lignes qui trahissaient une blessure plus profonde que la surface qu'il me laissait à peine voir.

Notre relation se détériorait dans cette guerre psychologique plus stupide qu'autre chose, et mon moral se gardait bien de prendre du mieux.

Je pensais à tout cela encore, ce matin, quand j'ai reçu une enveloppe plus soignée que ces bouts de papiers qu'Alexis griffonnait rageusement. C'était d'Angéline, cette fois.

*Chère Sarah,*

*En voyant la rapidité avec laquelle vous vous faisiez un plaisir de vous renvoyer la balle, j'ai cru bon de tenter de mettre un terme à un jeu qui ne fait là que vous détruire mutuellement.*

*Je n'en ai plus pour longtemps, ma douce chérie. La vieillesse ronge mes os et m'empêche chaque jour de profiter pleinement des instants qu'il me reste. C'est le pourquoi de cet effort que je fais aujourd'hui; t'écrire en espérant que tu comprendras mieux que cette tête de mule qu'est mon petit-fils.*

*Vous êtes, désormais, ma seule famille. Les autres sont morts, et je vais bientôt les rejoindre. Vous symbolisez cette jeunesse que je n'ai plus, cette flamme qui permet tout. Et vous jetez sur elle une eau qui ne peut être que néfaste, d'autant plus qu'elle va à l'encontre de vos propres sentiments. Pourquoi combattre l'amour, quand il est tout ce qui mène le monde? Pourquoi tourner le dos au bonheur, quand c'est tout ce qui rend heureux? Tu peux me croire, Sarah. Tu dois me croire.*

*Soyez ensemble pour le meilleur et pour le pire, en oubliant cet orgueil qui vous mène par le bout du nez. Le destin vous conduit à la même place, de toute façon. Et vous avez besoin l'un de l'autre pour bâtir un univers rien qu'à vous, au bout de vos bras. Le reste n'a aucune importance, petite. Il se perd en politesses que la vie ne t'accorde pas le temps de respecter. Fonce dedans, regarde le destin dans les yeux et demande-lui la vérité. Tu verras apparaître une paire d'yeux verts qui te demanderont de revenir, et qui seuls pourront te rendre la joie que tu ne sais pas. À quoi bon vivre, sinon?*

Je ne savais que trop qu'elle avait raison. Seulement voilà, elle avait parlé d'orgueil. Et je m'en tiendrais là, même s'il fallait que se déroule le restant de mes jours en me demandant ce qui se serait passé si j'avais eu le courage de passer par-dessus. Jamais je n'irais mendier son amour, ni même une parcelle de lui. Je l'avais déjà fait une fois, et on ne répète pas bêtement la même erreur pour le plaisir de souffrir.

Il me reste encore un peu de temps à me prélasser sur cette plage. À pouvoir encore me ficher de lui. Après, ce sera une autre histoire. Je demanderai, une fois de plus, à Angéline. Elle seule peut régler des questions aussi douloureuses, sans enfoncer un peu plus le couteau dans la plaie. Qui saigne et qui n'en peut plus de saigner.

En allant me tremper les pieds dans la mer, je me suis laissée emporter par une vague. Et je me suis prise à regretter de ne pas pouvoir faire de même avec la vie et ce qu'elle m'apporte. La prendre comme elle est, comme elle vient, sans jamais chercher à la transformer. À la bousculer. Le goût de sel qu'il me reste dans la bouche est semblable à celui que laisse l'amertume. Toujours là, en sourdine, pour rappeler le passé.

### Tristesse

*« Nous avons le regret de vous annoncer le décès de madame Angéline Deschênes, qui a rendu l'âme dans la nuit du... Soyez sûre que nous compatissons entièrement et... »*

Assez. Le monde s'écroule et ils ne trouvent que ces mots. Mais que savent-ils des sentiments qui me liaient à cette femme extraordinaire? Que savent-ils du monument de sagesse qu'ils viennent de perdre? Le monde s'écroule et le monde s'en fout.

Je n'aurais pas dû venir ici. Il fallait rester auprès d'elle et rendre joyeux ses derniers moments. Les partager avec elle. Mais mon propre malheur m'a rendu aveugle. Et je ne puis maintenant que le regretter amèrement. Il est toujours trop tard, étrangement, quand on s'aperçoit que l'importance a filé. Angéline était l'Importance.

Le cœur lourd, j'ai fait mes bagages et pris le premier taxi pour l'aéroport. Je garde mes larmes pour plus tard, pour elle. En dernier hommage à sa mémoire.

Que vais-je faire sans elle, maintenant? Hier encore je m'appuyais sur sa sagesse pour tout résoudre, sans comprendre la vérité qui se cachait dans sa dernière lettre. Il fallait la prendre au mot, et je n'ai fait que l'écarter.

Quelle conne je fais, assise sur cette chaise droite en attendant mon avion. Il est déjà trop tard pour prendre l'avion, qui ne me mènera que vers la constatation de l'inévitable qui aurait pu être évité. Angéline est morte.

Revoir le Québec me replonge instantanément dans la mélancolie. Peuple de lâches... dont je fais partie. Petit peuple sage qui ne sait que gueuler. Je gueule avec eux, je ne fais rien. Angéline ne faisait pas que gueuler, elle. Elle agissait toujours avant de baisser les bras. Angéline était forte. Maintenant, Angéline n'est plus rien. Un autre taxi, qui me laisse devant le salon funéraire avec tous mes bagages. Tant pis.

Un frisson glacial me parcourt en entrant dans le funérarium. Moi qui n'ai jamais été très croyante, je me sens envahie par une présence muette et accusatrice. Je vois tous ces gens, venus lui rendre hommage encore une fois, et je me demande s'ils pensent la même chose que moi.

À reculons, j'approche lentement du cercueil où mon amie repose en paix. Un demi-sourire aux lèvres, elle semble plongée dans un sommeil profond, telle la Belle au bois dormant. Mais jamais plus Angéline ne se réveillera, pour m'appeler sa « petite » et prendre soin de moi. Elle m'a donné cette partie d'elle dont je ne savais que faire, qui me semblait normale et qui m'apparaît désormais comme un trou béant.

J'ai mal. Et ma douleur n'est en rien comparable à celle que l'on éprouve pour quelqu'un que l'on voit encore chaque jour. J'ai mal, et je lui offre ma douleur. Car elle puise sa source dans l'amour que j'avais pour elle, que je garde en moi comme une force moralisatrice. Adieu, Angéline.

Les larmes, ici, me font un bien immense. Elles lavent mon âme depuis longtemps souillée, me purifient d'une vie qui va à vau-l'eau. Elles brûlent mes yeux et noient mes joues, mais je n'en ai cure. Ce sont des larmes de regret, des larmes que je ne verserai plus. Je la laisse partir en paix.

Comme toujours, Alexis arrive derrière moi sans faire de bruit. Il pose sa main sur mon épaule, et je ne bronche pas. Je suis incapable de parler et je ne veux pas qu'il brouille cet instant qui ne lui est aucunement dédié. Je veux qu'il fasse corps et âme avec moi pour que sa grand-mère soit heureuse de nous voir ensemble.

Plus tard, bien plus tard, il me semble, je me suis retournée pour enfin le regarder. Il avait, comme moi, le visage ravagé par le chagrin que lui causait la perte de sa seule famille au monde. Et je l'ai pris dans mes bras, l'ai bercé comme l'enfant qu'il est encore au fond de lui. Sans autre motivation que le devoir de le consoler. Nous sommes demeurés longtemps dans cette position, offrant sans doute le plus charmant des tableaux.

Quand je me suis levée, il n'a même pas demandé où j'allais. C'était inutile. Je rentrais chez moi, et il devait aller chez Angéline pour trier ses affaires. Je n'ai pas eu le courage de lui demander s'il avait besoin d'aide. Je voulais d'abord me retrouver seule, pour ensuite aviser.

Je ne sais pas qui, somme toute, a été le plus éprouvé par cette journée. Moi, qui avais perdu la seule mère que j'avais jamais eue? Alexis, à qui il ne restait plus rien?

Mais je me suis finalement dit que c'était à Angéline elle-même que revenait la panacée des émotions. Elle était morte, et avait dû supporter la vue de dizaines de personnes venues exprès pour elle, pour la pleurer. Elle qui détestait les manifestations d'amour en public, elle avait dû rougir de savoir qu'on l'avait autant aimée.

### Dispositions

Ce n'était pas un rêve, finalement. Elle est vraiment partie, aussi cruel que cela puisse me paraître. Moi qui rêvais d'en avoir rêvé...

Une douche froide tombe sur moi, alors que je suis encore enroulée sous des tonnes de couvertures. J'ai froid, même si le thermomètre indique vingt au-dessus de zéro. Mon système immunitaire qui se défend, je suppose.

Alexis est entré sans mot dire, et s'est assis sur le sofa. Il était écrit sur son visage qu'il n'avait pas dormi de la nuit. Je n'ai pas parlé non plus. Ç'aurait été inutile. J'ai fait du café, à la place. Du café fort, pour passer la journée. Finalement, c'est lui qui a brisé le silence, dans une voix que je ne lui connaissais pas. Comme si sa vivacité s'en était allée avec Angéline.

— Il faut que je vende la maison.

Rien de plus. Rien de moins. Une affirmation sans faille, directe et poignante. Comme je les aime.

— Oui, bien sûr.
— « Oui, bien sûr. » C'est tout l'effet que ça te fait?

Son ton mordant m'indiquait clairement que la trêve était terminée. Soldat, reprends tes armes!

— Non, ce n'est pas tout l'effet que ça me fait. Mais te l'expliquer serait long et fastidieux, et je n'ai pas envie de le faire dans ces conditions. Vends la maison si tu crois que c'est mieux ainsi, c'est tout.
— Tu es impliquée, toi aussi. Elle t'a incluse dans son testament, et elle te lègue tout ce qui te tente, pour autant que je sois d'accord. Il faut que tu m'aides à prendre les décisions.

Pour tout dire, j'aurais plutôt envie de me boucher les oreilles. Après lui avoir lancé à la figure ce que je pense de son comportement enfantin.

Un affront, regard contre regard. Une fusillade, inutile pourtant. Chaque seconde, on enlève une brique au mur de la perfection. La perfection, c'était nous deux. Nous deux n'existe plus.

— Peut-on respecter la mort d'Angéline et amorcer les négociations ensuite, Alexis?

Il se mord les lèvres, serre les dents. Sur ce terrain, aucun de nous ne peut se battre. Angéline est la médiatrice, la ligne sur laquelle nous n'irons jamais mettre le pied. Il le comprend et hoche lentement la tête. Puis, sans chercher à s'attarder davantage, il entreprend de lacer ses chaussures. Mais le silence, parfois, ne vaut pas que de l'or. J'ai un besoin fondamental de savoir s'il reste quelque chose entre nous. Sans le lui dire.

— Tu reviens quand?
— Pas avant longtemps, si tu tiens tant à savoir. Pour ce que cela va changer pour toi...

De la pure provocation. Nous nous éprouvons l'un l'autre, en attendant la suite.

— Où suis-je censée t'écrire, maintenant? Car tu ne m'as toujours pas laissé ton adresse, souviens-toi.

Ma foi, nous nous délectons de tirades qui deviennent de plus en plus sadiques. Et je me dis sur le moment que cette fois, c'est le coup de grâce. Il va craquer, et m'avouer ses aventures rocambolesques au pays de nulle part. Mais il prend, bien calmement, un bout de papier sur lequel il écrit ses coordonnées, qu'il me tend froidement.

— Je ne resterai pas pour l'enterrement. Je crois que cela vaudra mieux ainsi, autant pour toi que pour moi. Au revoir, Sarah. Prends soin de ton bébé.

Puis il claque la porte sans ménagement, témoignage virulent de la colère qui grondait au fond de lui.

Combinée à la mienne, je crois qu'il était bien, en effet, qu'il ne reste pas plus longtemps.

Demain, ce sera la touche finale. Seulement après, je prendrai des dispositions en ce qui me concerne. Et j'essaierai de discuter avec Alexis, à propos de la maison.

Symbole du patrimoine familial, j'ai la certitude qu'en fait, il n'a pas plus envie que moi de la voir passer entre les mains de quelqu'un d'autre. Et puisque je suis malade et qu'il me sera de plus en plus difficile d'exécuter, avec le temps, les moindres tâches, j'ai pensé qu'il serait peut-être bon de m'y installer.

Alexis. Comme le temps change les choses et les gens, aussi. Nous sommes devenus vieux, en si peu de temps.

# Juillet

## *Candiac*

J'ai repris du service à la boutique aussitôt après avoir déposé une gerbe de roses sur la tombe d'Angéline. Je n'ai plus de larmes pour la pleurer, ni de force non plus. Passons à autre chose. Ma patronne a poussé des cris de joie en me voyant arriver.

Bien sûr, j'ai jeté un coup d'œil sur l'adresse que m'avait donnée Alexis. Pour découvrir que la baie James était en réalité Candiac, une ville en banlieue de Montréal. Maintenant, ne me reste qu'à trouver pourquoi Candiac.

Étrange, cela me fait l'effet contraire. Il m'a donné la clé, et je ne veux plus ouvrir le cadenas. Une douleur, bien plus forte que moi, se cache sous cette adresse que je voulais pourtant connaître. Et je devrais peut-être la laisser là où elle est, sans chercher à savoir.

Et puis non. Si je ne sais pas, c'est la torture. Une plume qui me chatouille la plante des pieds, mue par une main invisible. Il faut que je sache à qui est cette main.

Entre deux clients, j'ai cherché dans l'annuaire téléphonique. Deux fois plutôt qu'une. Résultat : rien qui puisse m'éclairer. Cette adresse est celle d'un centre de soins particuliers, prodigués aux malades en phase terminale. Alexis ne m'a jamais laissé entendre qu'il souffrait d'une maladie, quelle qu'elle soit.

J'ai tourné et retourné le problème, cherchant dans mes souvenirs un indice, une parole qui aurait pu m'aider. Mais je n'ai rien trouvé, sauf cette tristesse omniprésente qu'il masquait presque trop bien. Alors soit il m'a mise sur une fausse piste pour me faire taire, soit je suis près de découvrir la cause de sa profonde mélancolie.

Demain, j'irai. Quitte à m'effondrer, encore une fois. Angéline disait qu'il fallait laisser la vérité venir à moi avant d'aller moi-même vers elle. Elle se trompait. Alexis ne me dira jamais ce qui le tiraille autant, et la paix entre nous ne semble pas sur le point de revenir.

Je n'ai plus envie de me battre pour ça. D'autant plus que je me sens faiblir, que je me sens pâlir. La décrépitude s'empare de moi comme d'une vieille maison abîmée par le temps. J'aurais envie qu'il lève le drapeau blanc, qu'il se rende avant de voir couler le sang.

J'aurais envie de lui raconter une histoire, même si elle n'est pas très belle. Seulement, avant, il va falloir que j'entende celle que me racontera un médecin. Ensuite, il comprendra. Pour l'instant, je ne peux que le laisser à sa nuit. Et endurer la mienne.

Avant de retourner à l'appartement, je suis allée me promener dans le parc Préfontaine. La chaleur collait à la peau, donnait envie de ne simplement plus bouger. Même l'été ne me fait plus rire. Plus rien ne me fait rire depuis si longtemps.

Pire, le bonheur me fait pleurer.

## *Maladivement*

Candiac n'est pourtant pas si loin de Montréal. Le trajet m'a semblé malgré tout long et pénible, peut-être à cause de ce bébé qui prend beaucoup trop de place. Dans ma vie. Dans mon être qui doit chaque instant le prendre en considération. Ce dédoublement de moi qui me suit partout devient harassant, lourd.

Une litanie, à mon oreille, chuchotait un chapelet de notes craintives. Terrifiée à la simple idée de me retrouver face à la vérité, j'estimais ne plus avoir le temps de badiner avec la vie. Elle me gruge et je la combats, mais elle ne peut m'empêcher d'accomplir le plus important. Je ne m'en irai pas avant de tout savoir, aussi machiavélique que soit ma découverte.

L'autobus s'est arrêté, et je suis débarquée comme une reine, la tête haute, le bout de papier dans le creux de ma main. Et mes pas, bientôt, se sont arrêtés devant la façade d'un hôpital psychiatrique. M'ont plongé dans un profond désarroi.

La femme qui m'a accueillie, à l'entrée, avait le teint cireux et la voix morne, morte. La mienne tremblait, et ne laissait échapper qu'un mince filet de mots. Une phrase.

— Je voudrais voir Alexis. Alexis Deschênes.

Elle ajustait ses lunettes sur son nez, sans pour autant regarder dans ses dossiers.

— Pourquoi? a-t-elle simplement demandé.

Et pourquoi pas? ai-je eu envie de répondre. Il

paraissait en forme, la dernière fois. Mais évidemment, s'il avait été capable de me cacher l'araignée qu'il a au plafond, il n'y avait aucun obstacle à ce qu'il puisse aussi s'être paré de ma présence en ces lieux.

— Nous avons certains points à régler concernant la mort de sa grand-mère, ai-je affirmé d'un ton beaucoup plus convaincu que je ne l'étais en réalité.

— Par ici, m'a-t-elle jeté sans paraître pour le moins surprise de cette nouvelle. Elle avait sans doute été mise au courant.

Elle s'est effacée pour me laisser passer, et m'a guidée dans un dédale de corridors longs et sinistres.

Je ne savais, à vrai dire, pas trop à quoi m'attendre. Voir Alexis en aussi mauvaise posture n'avait rien de réjouissant à mes yeux, et mon ignorance de sa condition ne m'aidait en rien, je l'avoue. Il était si beau, si fort que j'avais du mal à l'imaginer dans un état végétatif, complètement livré à lui-même dans une petite chambre étouffante et sans fenêtre. Je ne voyais que son regard, où brillait une lueur tenace qui semblait dire qu'il n'abandonnerait jamais. Semblait.

Alors pourquoi cette mascarade, ce mensonge éhonté? Pourquoi Angéline et pourquoi m'avoir choisie, moi? Tout n'était que cruauté pure et simple, dans cette histoire.

Elle a frappé à une porte, et mon cœur s'est subitement serré. Pour une fois, je n'avais pas envie de faire semblant. J'avais envie de crier que je l'aimais, qu'il n'y avait que lui qui comptait. J'avais envie de m'excuser pour l'orgueil, pour la stupidité.

La porte s'est ouverte, a laissé le sang dans mes veines se figer. Sentiment imbécile que l'amour, frivole et sérieux tout à la fois. J'étais pétrifiée, je n'avançais plus.

Alexis était assis au centre de la pièce, sur une petite chaise en bois. Lorsqu'il m'a vue entrer, un rictus méchant s'est dessiné sur ses lèvres.

— Alors comme ça, te voilà. Tu ne pouvais pas t'empêcher de venir, n'est-ce pas? Me ridiculiser, somme toute.

Il a eu une moue de dépit, et a pris un air renfrogné que je ne lui connaissais pas. Manifestement, il n'était pas ravi de me voir. L'infirmière a disparu en silence, m'a laissée seule avec lui.

Non, pas seule. Dans un coin de la chambre, que je n'avais pas remarqué, une ombre était tapie. Un amas de chair, sans doute n'était-ce plus un humain.

Alexis avait suivi mon regard, et a soupiré bruyamment.

— Voici ma mère, Sarah. Du moins... ce qui reste d'elle.

Stupéfaite, je n'osais plus le regarder. Sur quel guêpier avais-je donc mis le pied, pour l'amour? Je croyais que c'était lui, et je n'y étais pas du tout. Angéline m'avait pourtant prévenue... Je croyais que sa mère était morte.

— Tu comprendras, désormais, l'ampleur du problème auquel je fais face. Et, aussi, les raisons de mon silence.

Je ne pouvais rien faire d'autre que hocher la tête gravement, désespérée d'avoir commis une aussi impardonnable bévue. Mais lui continuait de parler, à voix basse comme pour lui-même.

— Emmanuelle souffre d'Alzheimer depuis que j'ai onze ans. La même année où mon père est mort, en véritable petit héros de la guerre. Elle ne sait plus qui je suis, ni où elle est.

« Lorsque tu es venue pour la première fois dans la maison de ma grand-mère, elle t'a défendu d'aller te promener au troisième étage par crainte que tu ne trouves ma mère ainsi, perdue sans en avoir l'air. Elle n'est pas ici depuis longtemps. Et pas pour longtemps, non plus.

« Pour elle, la ronde des saisons, du temps qu'il fait n'existent plus. Rien n'a plus de signification, de sens à ses yeux. Elle n'a plus de mémoire, plus de jugement. Elle n'a aucune idée, en fait, de ce qu'elle fiche ici. Mais c'est ma mère, et je dois rester jusqu'à la fin. »

Doucement, je me suis approchée de lui. De grosses larmes roulaient sur ses joues, en souvenir du gosse qui avait tendrement aimé sa maman. J'ai posé mes doigts sur sa nuque, et il s'est tourné vers moi. Longtemps, je l'ai tenu dans mes bras en le berçant. Il a répété, dans un murmure, qu'elle n'en avait plus pour longtemps.

Tout est toujours parfait, entre nous deux, lorsqu'on baisse les armes. Mais demain, je sais que le combat sera à nouveau réengagé. C'est pourquoi, en douce, j'ai filé dans la nuit. Demain, je serai de retour chez moi. Il n'a pas besoin qu'une enquiquineuse telle que moi le talonne jour et nuit, je sais.

Un jour, ce sera mon tour de lui révéler mon secret.

## Missive

Il m'a seulement envoyé une lettre, sans faire allusion à ce qui s'était passé à Candiac. Une lettre insipide, en quelque sorte. Truffée de mots qui ne veulent rien, ou tout dire. Dépendant de quel côté on est.

*Petite Rose,*
*Un jour, il y a longtemps, je crois, c'était le printemps. Les bourgeons se dressaient sur les branches en signe de bienvenue, déployant devant toi l'arc de leur beauté. Tu étais si jolie, et je t'ai amenée chez grand-maman. Ce jour, tu l'as transformé en merveille. Et tu es tombée amoureuse de cette maison dont elle était si fière, si satisfaite.*

*Grand-maman était riche, immensément riche par le biais de mon grand-père. Et pour moi, elle imaginait un paradis semblable à celui-là pour élever une famille, des enfants.*

*Je ne vendrai pas la maison. Tel que promis, je veux y rester pour voir grandir ton enfant, et lui donner le plus beau de ce que j'ai connu. Je n'ai pas envie de lui laisser comme héritage un minuscule bout de ciel, caché par des hordes de gratte-ciel et le brouillard permanent qui flotte à Montréal. Accepte, je t'en prie, mon offre, et va t'installer à la campagne le plus tôt possible.*

*À toi de reprendre ce qu'elle nous a laissé, Sarah. Elle avait une telle confiance, envers toi. Elle aurait aimé, certainement, t'y voir y rester. Et moi aussi.*

*Je viendrai te voir, ne me demande pas quand. J'espère que tu vas bien.*

*Alexis.*

D'accord, elle était cordiale. Mais je puis aussi être cordiale, scripturalement. Du reste, je vais obéir aux ordres. Foutre le camp où il fait bon, à la campagne chez Angéline.

Non, cela sonne décidément faux. Où est passée cette sincérité, celle qui nous était si chère ? J'aimais encore mieux nos engueulades, qui avaient au moins le mérite d'être franches.

Je regarde l'été qui brille, et constate que le printemps était beaucoup plus beau. Je ne savais pas, alors, à quoi ressemblait le bonheur. J'y touchais et je ne le voyais pas encore, comme aveuglée par sa proximité. Je ne serai donc jamais heureuse, si c'est toujours ainsi.

On regrette amèrement le passé, sans voir ce que le présent a à nous apporter. Après tout, je pourrais être morte.

### Mensonge

Voilà donc pourquoi l'on vit. Pour une poignée d'amour que l'on ne possède même pas. Que l'on ne possédera jamais. Que l'on n'a même pas frôlée.

Je m'y suis laissé prendre, moi qui me targuais d'être prudente à ce jeu.

Je ne me rappelle plus le paysage, les émotions. Le seul souvenir que j'en ai, c'est une indescriptible rage qui m'a laissée sans force, sans courage pour continuer. Et le vacarme que j'ai fait en me laissant tomber sur le divan, où je suis encore.

Je me disais qu'il était étrange, oui, étrange, que tout cela soit arrivé aussi brutalement. La mort d'Angéline, le départ d'Alexis, et le mien. Tous ces événements ont largement contribué à notre éloignement, je m'en doute, mais était-ce suffisant comme raisons pour se crier autant de bêtises, d'imbécillités?

Il voulait peut-être que je la trouve, par accident. Ou peut-être aussi laissait-il au hasard le loisir de décider. Ou alors rien de tout cela, ou tout à la fois. De toute façon, le résultat reste le même. J'ai trouvé la pièce à conviction qui manquait à mon enquête.

En faisant le lit, ce matin, j'ai découvert une lettre entre le matelas et le sommier. Une écriture fine, qui n'était pas la mienne ni celle d'Angéline. De jolis caractères penchés en avant, signe d'une femme qui regarde l'avenir. Car autre que nous, qui pouvait bien lui écrire?

Je n'avais pas pensé qu'il puisse être allé se consoler dans les bras d'une autre femme. Ni qu'elle ait pu travailler aussi près de ma boutique. Son adresse était écrite à l'en-tête, sur le papier de la compagnie qui l'embauchait.

Elle a écrit de très belles choses, pas toutes vraies pourtant. Mais qui pourrait la blâmer d'être tombée amoureuse d'un homme aussi merveilleux qu'Alexis, et d'avoir cru à ce bonheur qui lui donnait des ailes? Pas moi, certainement. Elle racontait sa petitesse, entre ses bras. Elle faisait allusion aux baisers, aux sourires qu'il lui prodiguait. Elle ne parlait jamais de moi. Peut-être n'avait-elle jamais entendu parler de moi.

Elle a couché avec lui. Combien de fois? Quand? Et où? Mais à quoi bon se poser toutes ces questions, maintenant... Il est trop tard, bien sûr. Il est toujours trop tard quand on découvre la vérité.

Par curiosité, je suis allée la voir. Elle travaille chez

un marchand de souliers, et je l'ai tout de suite reconnue. Elle avait signé Gabrielle, et les vendeuses, sur leurs blouses, portaient toutes une plaque avec leur nom et leur insigne.

Blonde, yeux immenses, avec une bouche pulpeuse rose bonbon. Comme s'il avait fait exprès de choisir le parfait contraire de ce que je suis.

Elle était penchée sur une facture, qu'elle calculait minutieusement. Je n'ai pas pu m'empêcher de sourire en la voyant écrire. Sa main semblait prendre un plaisir intense à former les lettres, les mots. Et je l'imaginais écrire une lettre à Alexis, aussi passionnément et posément. Elle semblait être un pur mélange de calme et d'agitation, passant d'un état à l'autre sans se donner la peine de l'annoncer.

Mise à part moi, je pouvais parfaitement comprendre les raisons qui avaient amené Alexis vers elle. Il ne m'était pas difficile de réaliser l'attrait qu'elle devait exercer sur les garçons, non seulement par sa beauté mais aussi par sa grâce naturelle qui la faisait se mouvoir comme un chat, par moments.

Elle est venue me voir, m'a demandé si j'avais besoin d'aide. Je n'ai rien répondu, et je suis partie. Par sa seule présence, elle avait déjà répondu à toutes mes questions.

Déchirée, anéantie et, surtout, dépassée par les événements, je suis entrée dans l'appartement avec l'envie de tout détruire, tout arracher autour de moi. Mais je n'en ai rien fait, parce que c'était sur Alexis, et rien d'autre, que j'avais envie d'assouvir ma colère grandissante.

La rancœur, la haine m'emplissaient le cœur, et pourtant je restais là, l'air si sage, les mains sur les genoux. Il me fallait, à cet instant, me trouver une simple raison de vivre encore.

### Amitié

Un soir, dans un bar. Il fait noir, et c'est tant mieux. Ainsi puis-je me laisser aller au plus profond des désespoirs, celui qu'il faut engloutir seule et sans regrets. Mon bébé me pardonnera, j'espère, de me laisser ainsi aller; de boire ma peine tout en sachant que je me réveillerai demain avec un atroce mal de tête, et rien d'autre. Pas même le soulagement, l'impression d'avoir tenté quelque chose pour s'en sortir.

Des néons incandescents, au-dessus de moi, clignotent trop régulièrement, m'incitant de ce fait à vider mon verre pour m'en servir un deuxième, vite. L'ambiance est lourde, les gens ont adopté la tactique de camouflage pour leur tenue vestimentaire. Pour bien voir sans se faire voir. Ils ont l'air au-dessus de tout ça, alors que l'on peut remarquer sur leur visage, si on y regarde de plus près, la tension presque palpable qui s'y est immiscée. L'œil depuis longtemps exercé, aux aguets sans en avoir l'air. Tout à l'heure, ils iront danser, pour jouer à faire semblant. Semblant d'être bien, seuls. Alors que tous savent que c'est complètement faux. Loufoque, cette histoire. Et pourtant c'est la même chose, chaque semaine depuis des lustres. Le barman sait reconnaître en chaque personne le buveur potentiel, ou celui qui paiera un verre en espérant être plus tard invité à monter en prendre un. Une éternelle roue qui tourne, qui fait tourner celle de l'économie florissante de l'alcool.

Je ressasse mon malheur, le nez plongé dans ma bière. J'en déteste le goût, amer et pétillant. Mais je compte sur l'effet pour me faire oublier la raison pour laquelle je bois, et je grimace en frissonnant à chaque gorgée qui me brûle le fond de la gorge.

Je suis passée, ce matin, par la bibliothèque. J'exècre cet endroit qui pue la culture, que l'on voudrait nous imposer à trop grande dose. Mais malgré ma peur atroce, je n'ai pas pu m'empêcher d'aller vérifier à quoi rimait cette horrible maladie. Au-delà des simples mots, je me suis imaginée qu'il existait certainement, quelque part, une explication banale à cette atrocité.

Le sida, ou syndrome d'immuno-déficience acquise, nous proviendrait paraît-il d'Afrique. Là-bas, ils ont voulu pendant longtemps croire que l'on faisait beaucoup trop de bruit pour rien au sujet de cette véritable épidémie. Ils ont même trouvé une signification humoristique à ces initiales, S.I.D.A. : syndrome inventé pour décourager les amoureux. Quels humoristes accomplis, ces Africains...

Je pousse un soupir, et récolte un sourire discret de la part d'un homme d'un certain âge, assis à une table près de moi. Sans répondre, je pivote sur moi-même en m'appuyant sur le bord du comptoir.

Au fait, pendant que j'y pense : Alexis est véritablement disparu dans la nature. De toute façon, je commence à croire que pas un homme sur terre ne vaut mieux qu'un autre. Je suis d'un féminisme à faire brailler un oignon, ce soir... Mais je suis sincère, et peut-être ai-je l'impression, en effet, qu'il n'y a pas grand-chose dans la race masculine pour me faire changer d'avis.

Les hommes... qui sont-ils, au fond? Des machines à faire pleurer, de quoi faire perdre tout son orgueil. Les hommes... On croit les connaître, ils nous filent entre les doigts. On croit qu'ils nous aiment, on s'aperçoit trop vite qu'on est remplaçable. Et pourtant on les aime, on retombe toujours dans le panneau. L'amour éternel existe-t-il vraiment, où n'est-il simplement qu'une illusion?

J'ai envie, moi, que quelqu'un me prenne dans ses bras. Qu'il arrive sans tambour ni trompette, sans fleurs et sans promesses... J'ai envie de sentir un nouveau parfum, pour enlever toute trace de celui d'Alexis. Je lui en veux, à lui. Il était enfin temps que je me l'admette, je lui en veux.

Que puis-je faire, pourtant, d'une grosseur éléphantesque et d'une humeur à faire peur au plus jovial des personnages qui puisse exister? Moi qui croyais que boire effacerait cette ironie destructrice...

Dehors il fait chaud, une de ces chaleurs torrides et collantes qui nous font nous mouvoir comme des zombies. En dedans, la transpiration est de mise chez tous les fureteurs de chair fraîche. Chez les hommes, c'est la virilité qui l'emporte, l'odeur de mâle en toute circonstance. Ces dames, quant à elles, dégagent une odeur de parfum usé, changé par l'humidité et qui séduit pourtant. On peut pressentir, de loin, que d'ici quelques heures, à moins d'être arrivé d'aussi bonne heure que moi, l'air ne sera plus respirable, ici.

Un gars, à qui je ne donne pas beaucoup plus de vingt ans, me fixe étrangement, de l'autre côté du comptoir. Il a les cheveux teints, blonds, presque blancs, et un chagrin semblable au mien au fond des yeux. Sans annoncer ses intentions, sans prendre la peine de vérifier si j'en ai envie, il s'approche, et mon cœur se met à battre à tout rompre sans savoir que penser, sur le coup.

— Un peu chaud, ce soir, vous ne trouvez pas?

Un sourire danse dans son regard, comme s'il était profondément amusé de sa propre remarque. Déroutée, j'acquiesce de la tête, en songeant malgré tout qu'il aurait tout aussi bien pu me dire qu'il faisait un temps de chien. Il me paralyse d'un regard, me cloue sur place d'un mouvement. Je fais ce qui me semble être un immense effort de concentration pour arriver à reprendre sur moi-même, souriant légèrement comme si je me fichais un peu de lui. Ce n'est pas de la frime, cette représentation. Cet homme ne cherche pas à me draguer bêtement.

— Je m'appelle Vincent, me glisse-t-il à l'oreille comme toute introduction. Puis-je envahir un peu de ton espace vital?

— Sarah Lévesque, dis-je en tentant tant bien que mal de contrôler la situation, pour gagner du temps.

Il n'attend pas ma permission pour s'asseoir, et vide d'un trait la bière qu'il venait à peine de décapsuler. Le mystère reste complet, et j'attends la suite avec impatience.

— Une peine d'amour, j'imagine.

Il me faut, dès cet instant, établir les règles du jeu. Je suis venue ici pour oublier tout ça, pas pour en parler. Je me raidis sensiblement, et il capte parfaitement le signal que je lui envoie.

— Moi aussi, pour ton information. Et j'aimerais bien noyer mon chagrin en ta compagnie, si tu permets.

Cette fois, j'éclate d'un rire franc mais pourtant sans joie. Voilà quelqu'un qui me laisse perplexe, mais qui saura à tout le moins me comprendre, s'il y a lieu.

Il sourit de nouveau, découvrant une belle rangée de dents blanches et irrégulières.

— J'aimerais mieux qu'on se dise « tu », vous voulez bien?

Je l'écoute parler, parce qu'il a un timbre de voix qui me plaît. Et il est décidément mignon, avec ces petites fossettes qui se creusent dans ses joues lorsqu'il rit. Je surprends son regard se poser sur mon ventre, qui commence à prendre de gigantesques proportions.

— Je suis enceinte de cinq mois et demi, dis-je en répondant à sa question muette.
— Et absolument ravissante! me lance-t-il en riant.

La conversation, pendant un bon moment, se déroule sur un ton badin, en criant pour tenter de couvrir une partie du vacarme qui nous entoure. Puis, n'y tenant plus, je lui demande ce qu'il est venu chercher, près de moi. La réponse, plus que tout le reste, vient dissiper brutalement le brouillard dans lequel il m'avait plongée.

— Tu ne cours pas de dangers, auprès de moi. J'aime sans doute autant les femmes que toi, qui n'es sans doute pas enceinte du saint Esprit...

Ce qui me dérangeait chez lui m'arrange plutôt, maintenant. Un homosexuel ne risque pas, au moins, de me prendre pour autre chose que ce que je suis. J'oublie mes préjugés, l'insipide peur que m'inspire généralement ce genre de personne. Et, curieusement, je m'aperçois qu'il n'y a pas de différence entre lui et moi. Je réalise brusquement que les sentiments restent les mêmes, malgré l'orientation sexuelle que l'on a choisie. C'est bête, je m'étais imaginé autre chose, de la part d'un gay...

La soirée s'achève, sans que j'aie eu le temps de la voir passer. Passablement éméchée, je me confonds en remerciements. Vincent, dans un noble élan de générosité, accepte de venir me reconduire chez moi à pied, puisqu'il n'est pas non plus en état de conduire. L'euphorie qui s'empare de nous est douce, si douce que ni l'un ni l'autre ne désire y mettre fin. Et il couche finalement sur le canapé, à l'aube, après que nous eûmes parlé toute la nuit durant.

Si notre peine ne s'est en rien amoindrie, nous avons au moins trouvé, en l'autre, quelqu'un sur qui s'appuyer.

### Hommes

Vincent et moi sommes devenus de bons amis, après cela. Quelle importance qu'il n'aime pas les femmes, après tout? Cela n'altère en rien ses facultés, son intelligence. Et encore, c'est une protection de plus pour mon cœur qui n'en est plus un.

Il est beaucoup plus attentif que le simple macho, qui n'écoute que lorsque ça lui donne quelque chose au change. Il s'assoit, se croise les bras et attend que j'en aie fini avant de se prononcer. Tout ce qu'il fait est désintéressé, gentil. Je ne me rappelais plus ce qu'était la gentillesse, depuis Angéline.

Je ne savais pas, non plus, qu'Alexis était aussi con, aussi imbu de lui-même. Maintenant, je sais.

J'ai parlé à Vincent du problème auquel je faisais face. Du sida. Il s'est refermé, s'est lentement retiré dans un silence coupable. Il a dit que les homosexuels étaient les seuls fautifs de cette grande tragédie.

Mais ce n'est pas vrai, ce mythe. Qu'en est-il des hémophiles, des héroïnomanes, de ma simple irresponsabilité? Nous sommes tous responsables, à un certain degré. D'ailleurs, Vincent n'est pas sidatique et fera probablement encore plus attention, maintenant. Il est pratique d'avoir recours aux préjugés, qui nous servent trop souvent d'excuse, mais moi, je suis une parfaite hétérosexuelle, et ça ne m'a pas mise à l'abri. Loin de là.

Alexis n'a pas envoyé de ses nouvelles, et j'ai lentement commencé de déménager mes affaires dans l'autre maison. J'ai calculé, et je peux vivre au moins trois vies complètes sur mon héritage. Cette chère Angéline avait évidemment pensé à tout, en ce qui me concernait. Elle me prenait pour une petite fille qu'il fallait d'abord protéger, ce que je suis peut-être au fond.

Pour le reste, il ne s'est plus soucié de moi, dirait-on. C'est peut-être mieux ainsi, mais je ne peux m'empêcher de penser que cela ressemble beaucoup à de l'égoïsme pur et simple.

Le Mal, c'est l'espèce féminine qui l'a inventé. Elle seule éprouve le regret ou la culpabilité. Cela effleure l'homme, quelquefois, mais l'atteint rarement. Il préfère toujours penser à la beauté du moment passé, pour ne pas regretter ce qui ne peut être défait, de toute façon. Je concède que c'est là une manière réaliste d'aborder les choses, mais qui ne soulage en rien la douleur du souvenir.

Vincent ne diffère pas des autres sur ce point, curieusement. Il s'offre le plaisir de penser à lui, en premier lieu, pour vérifier ensuite s'il ne peut pas aider les autres. Et moi qui veux sauver le monde de ses misères, de ses tourments, je ne comprends pas cette façon de voir les choses.

Ce sont de grandes pensées qui me traversent ce matin, interrompues par les coups de pied de mon enfant qui semble en pleine forme aujourd'hui. Mais que me reste-t-il d'autre à faire que de penser, justement?

Physiquement je me sens bien, dans le sens large du terme. Car je me demande si on peut vraiment se sentir bien quand on doute à ce point de la signification de notre présence sur Terre. Est-ce bien là une justice, d'avoir sué toute sa vie pour bêtement en finir sur un lit d'hôpital?

# Août

## *Nouvelles*

J'ai reçu un appel de l'hôpital, de bonne heure ce matin. Ils avaient reçu les résultats de mes tests, au laboratoire, et souhaitaient me rencontrer pour me les communiquer de vive voix.

Je sais ce qu'ils vont me dire, inutile d'espérer obtenir d'eux la moindre bonne nouvelle. Mais je m'habille tout de même soigneusement, comme si le fait de bien paraître augmentait mes chances d'être épargnée.

Je déteste les hôpitaux, et particulièrement tout ce qui s'y rapporte. Un jour, dans un cours de biologie, je me suis évanouie à la seule vue d'une goutte de sang sur mon doigt. Il fallait nous faire saigner nous-mêmes à l'aide d'une aiguille, et je n'avais psychologiquement pas pu supporter l'idée de me faire mal. Un grand étourdissement s'était emparé brusquement de moi, et j'avais vu le monde autour tourner de plus en plus vite. Je m'étais effondrée dans le corridor, sans plus de manières.

Les hôpitaux empestent la maladie, la souffrance. Ils sont d'un blanc pas tout à fait blanc, mais d'une propreté si déprimante qu'il est facile de comprendre pourquoi personne n'a envie d'y rester. Je ne serais jamais docteur ni infirmière, ni même concierge dans un tel établissement.

Droite comme un « i » dans la salle d'attente, j'at-

tends patiemment que mon tour vienne enfin. C'est
d'un ridicule, cette façon qu'ils ont de me faire languir
pour quelque chose que je sais déjà... Mais une sourde
espérance vient quand même déranger ma certitude,
s'accrochant à la maigre possibilité d'en réchapper.

Une voix stridente parvient soudain à mon oreille,
que j'entends comme amplifiée.

— Sarah Lévesque!

Je me lève, cherchant du regard la provenance de la
voix. C'est une infirmière toute de blanc vêtue qui
m'accroche par le bras et m'introduit dans le bureau du
médecin, presque cérémonieusement. J'attends quelques minutes, qui me semblent être les plus longues de
ma vie.

Je suis assise sur une chaise confortable, sans doute
mise ici exprès pour mieux aider à supporter tous ces
gens qui comme moi viennent apprendre un terrible
verdict. Je me demande, soudain, combien de personnes se sont assises sur cette chaise avec le même sentiment que celui qui me traverse à l'instant. Avec une
boule dans la gorge, qui paralyse tout mon corps. Je me
demande si quelqu'un d'autre a éprouvé, en entrant
dans cette pièce, la même peur que celle qui me fige.

J'ai une féroce envie de prendre mes jambes à mon
cou et de rester à jamais dans l'ignorance. Ça ne serait
pas plus mal, peut-être pourrais-je vivre quand même.

Tous ces diplômes, sur le mur... Ce docteur, un
certain M. Verreault, a fait de hautes études pour comprendre le vaste monde de la médecine. On lui a certainement appris comment dire à quelqu'un, avec le plus

de diplomatie possible, qu'il ne lui restait plus que quelques années, voire plus que quelques heures à vivre...

Perdue dans mes sombres réflexions, je n'entends pas le médecin entrer. Quand je m'aperçois enfin de sa présence, il me jauge par-dessus ses lunettes carrées. Songe-t-il aux mots qu'il va prononcer, aux phrases qu'il va formuler? Je balbutie un « bonjour », incapable de le regarder en face.

— Bonjour, mademoiselle Lévesque, commence-t-il par me dire d'une voix tiède, presque neutre. Votre grossesse arrive maintenant à son sixième mois, et votre fœtus se développe de la façon la plus normale possible. Cela s'appelle faire montre de beaucoup de courage, je dirais.

Je sais déjà tout cela, mais il se sent le besoin inutile de me le répéter. Cela revient à dire que son entrée en matière est un mauvais présage, un vautour qui tourne en rond au-dessus de moi.

— Docteur Verreault, s'il vous plaît. J'ai déjà un docteur pour me parler de mon futur enfant, et je suis assurée de sa compétence en la matière. Je suis venue ici pour apprendre les résultats du test que j'ai passé il y a quelque temps, il me semble. Pas pour autre chose.

Il lève les yeux vers moi, manifestement surpris de me voir l'interrompre ainsi. Je ne suis pas de nature patiente, malheureusement pour lui.

— Il vous faudra passer un autre test, vous savez.
— Je sais.

Je pousse un long soupir, épuisée tout à coup de cette conversation à sens unique.

— Je *sais* que je suis séropositive, aussi curieux que cela puisse vous paraître. Je ne pourrais expliquer pourquoi, peut-être peut-on appeler cela une intuition. C'est pour mon bébé que je m'inquiète. Comprenez qu'il faudra que je prenne des dispositions, s'il est malade lui aussi...

Il sourit, l'air triste.

— Vous semblez très forte, mademoiselle Lévesque. Savoir que l'on est atteint d'une telle maladie et s'inquiéter encore pour les autres, c'est un sentiment bien noble dans une société comme la nôtre... Vous êtes quelqu'un de très mature, pour votre âge.

Il reprend sa respiration, puis me regarde attentivement. Je sais quelle allure je dois avoir, livide comme si j'allais tomber raide morte sur sa belle moquette. Mais maintenant que j'ai su de sa bouche que j'étais séropositive, je puis à mon aise me concentrer sur ce petit être qui grandit en moi. Mon teint reprend une couleur à peu près normale, et je me cale plus confortablement dans sa chaise.

— Vous devez tout d'abord savoir, Sarah, que votre séropositivité fait automatiquement de votre enfant un séropositif. Tout cela s'explique par les anticorps maternels qui passent dans votre sang, qui est aussi le sien. Vous comprenez ce que cela veut dire?

Mon cœur cesse de battre, et me voilà blanche comme un drap à attendre qu'il m'achève. Toutes ces informations ont du mal à se rendre jusqu'à mon cerveau, mais je comprends néanmoins trop bien ce qu'il est en train de me dire. La vie de mon enfant est fichue, alors. Un point de plus pour moi contre Alexis.

— Mais nous allons vous traiter à l'AZT, ou azidothymidine, pour diminuer les risques d'infections sur le bébé à sa naissance. Il va sans dire que vous ne pourrez jamais l'allaiter et que nous ne pourrons pas immédiatement détecter s'il restera ou non séropositif. Il faudra attendre qu'il ait franchi le cap de sa première année d'existence pour être certain qu'il n'est pas en danger.

L'espoir se rallume soudain dans mes yeux, car finalement tout n'est pas perdu. Il poursuit son monologue d'une voix empreinte d'une gravité toute professionnelle, levant parfois sur moi un visage rempli d'inquiétude.

— Voulez-vous que je vous explique aujourd'hui à quoi vous en tenir, où préférez-vous d'abord avoir du temps pour réfléchir à tout cela?
— Je vais revenir, je crois, un autre jour...

Je prends congé du docteur Verreault et file tout droit à mon appartement, dans un état quasi second et involontairement crispée. Il est plutôt difficile d'accuser un coup pareil sans sourciller...

### Prescription

Je ne sais vraiment pas où j'ai trouvé la force, mais me voici encore dans ce bureau avec le docteur Verreault, un mardi matin qui incite beaucoup plus à l'inactivité qu'à une période de stress intense. Il fait beaucoup trop beau dehors et, de toute façon, même s'il faisait trente degrés au-dessous de zéro je préférerais être ailleurs.

— Comment vous sentez-vous aujourd'hui, Sarah?

Bien. Mal. Je ne sais pas. J'ai du mal à faire confiance aux gens, c'est, je crois, un de mes pires défauts. Comment dire à ce docteur les pensées qui à cet instant me traversent l'esprit sans me sentir complètement dépossédée de mon intimité?

— Plutôt bien, je crois.

Il replace ses lunettes sur son nez et tourne la tête vers la fenêtre, par où on aperçoit des enfants qui jouent au base-ball sur le terrain d'à côté. Ils sont si beaux, si innocents que j'en pleurerais de rage...

— Vous êtes dans ce qu'on appelle une période asymptomatique. C'est donc dire que jusqu'à ce que vous développiez réellement la maladie, vous resterez dans cette phase, qui ne comporte que peu ou pas de symptômes graves.

— Et combien de temps peut durer cette période?

Il semble réfléchir à la question, même si je soupçonne fort qu'il n'en connaisse pas la réponse. Il cherche peut-être les mots, les bons mots... Ce qui voudrait dire que la réponse est sans appel, souffrante comme tout ce qu'il me dit de toute façon.

— Tout dépend, reprend-il enfin, de la manière dont réagit votre organisme. En général, cela peut varier de un à dix ans. Mais je vous le dis sous toute réserve, évidemment.

Je voudrais lui sauter au cou et l'embrasser, tant ces paroles font du bien à entendre. Ainsi donc, j'aurai peut-être finalement la chance de voir mon enfant faire un petit bout de chemin. C'est... extraordinaire!

Sans doute voit-il mon sourire et a-t-il peur de m'avoir créé de faux espoirs, car il prend un air lugubre et se lève. Les mains croisées derrière le dos, il ressemble beaucoup plus à un intellectuel qui pense qu'à un médecin supposé compatir aux malheurs des gens.

— Nous commencerons dès aujourd'hui le traitement avec l'AZT, que je vous prescrirai sous forme de gélules. Vous pourrez être atteinte de certains effets secondaire minimes, mais généralement supportables : nausées, anorexie, maux de tête ou insomnie.

Il s'arrête, reprend son souffle.

— Si vous constatiez des réactions cutanées ou autres, il serait très important de me contacter. Vous comprenez ce que j'essaie de vous dire?

C'est étrange, cette façon que les étrangers ont de s'inquiéter pour vous... C'est moi qui suis malade et c'est lui qui s'affole. Je suis lasse soudain d'être ici, et je ressens brusquement un besoin impérieux d'être seule avec moi-même.

— Je comprends très bien, docteur Verreault. Et je suivrai vos conseils à la lettre, c'est promis. Puis-je partir maintenant?

Il fronce les sourcils, me laissant sans doute volontairement le loisir de deviner ses pensées. Je dois me montrer raisonnable, sans quoi cela me coûtera ma vie ainsi que celle de mon enfant.

— Vous pouvez y aller, j'en ai fini de vous embêter avec mes grands termes médicaux. Mais je suis certain que vous êtes consciente du danger qu'il y a de prendre cette maladie à la légère, n'est-ce pas? Aussi j'insiste pour que tout soit clair dès maintenant.

Je hoche la tête en signe d'assentiment, et cette fois je suis parfaitement d'accord avec lui. Je me lève et me dirige vers la porte. Mais sa voix douce et sévère retentit soudain derrière mon dos, et me force malgré moi à l'écouter.

— Une dernière chose, Sarah, et vous êtes libre.

Je me retourne, apeurée d'attendre encore une fois un verdict fort probablement déplaisant.

— Vous devriez aller voir un psychologue. Il pourrait vous aider à beaucoup mieux traverser cette épreuve.

Je le regarde de tout mon haut.

— C'est tout?

Il plonge ses yeux dans les miens, nullement surpris.

— C'est tout.

J'ouvre la porte et sors la tête haute, comme s'il me restait un tant soit peu de dignité. Seulement, je conçois fort bien qu'il puisse avoir raison. Même, parfaitement raison. Mais le psychologue, j'aurais voulu aller le voir sans que personne me l'ait demandé.

## Consternation

*Mon petit poussin,*
*J'ai appris, il y a quelques jours, que j'étais séropositive,*
*comme je l'avais précédemment supposé. Cela me fait de la*
*peine, bien sûr, mais moins pour moi que pour toi.*
*Je m'en veux terriblement de douter maintenant d'avoir*
*pris la bonne décision. Peut-être serais-tu mieux au ciel, déjà*
*dans le « paradis des bébés »? Peut-être ne vivras-tu que le*
*temps d'une rose, mon ange...*
*J'espère pour ma part vivre assez longtemps pour pouvoir*
*te dire « je t'aime », mon poussin... Et voir à qui tu ressem-*
*bles, à moi ou à Mathieu.*
*Je vais mourir, c'est terrifiant à penser. J'ai lu quelque*
*part que les bébés dans le ventre de leur mère ressentent aussi*
*les émotions de leur maman, et je me demande si c'est vrai.*
*Car dans ce cas tu dois avoir le cœur comme un étau, serré au*
*possible.*
*M'en veux-tu de t'apprendre tout ça? Je prie ardemment*
*Dieu de te laisser la vie sauve, en espérant que, quelque part,*
*malgré son horaire chargé, il tente de faire quelque chose pour*
*toi.*
*Ma main tremble, elle a du mal à écrire. Je ne travaille*
*plus beaucoup, ma santé s'affaiblit de jour en jour. Heureuse-*
*ment, l'argent n'est pas un problème. Angéline, en mourant,*
*y avait bien pensé.*
*Je t'aime, tu sais.*


## Psychologie

Je me suis retrouvée dans un autre bureau, enfermée par d'autres murs et volontairement, cette fois. Le
psychologue est une psychologue, finalement, et moins
jeune que ce que je m'étais imaginée.

Elle a choisi de s'installer avec vue sur le fleuve, pour inspirer peut-être le discours de ses clients. Une grande baie vitrée, signe indiscutable de sa prospérité. Ses lèvres forment un demi-sourire, qu'elle gardera tout au long de l'entretien. Son visage n'est ni beau ni laid et ne reflète aucune émotion. Elle attend que je parle, sans un mot.

Malgré moi, je me retrouve à raconter des choses que j'avais cru enfouies pour toujours. Une enfance rapiécée, une adolescence parsemée de complexes refoulés. Et le début de ma vie adulte n'est guère plus reluisant, il faut dire.

J'ai pleuré comme un enfant, en parlant du mien. J'ai dit les peurs, l'angoisse que me procurait sa venue. Car ce môme, ce gamin naîtra des conséquences d'une histoire qui fut laide, qui n'en était somme toute pas vraiment une.

J'ai pleuré Mathieu, et les souffrances que je me rappelle encore parfois. J'ai pleuré les coups, les bassesses endurées. J'ai pleuré tout l'amour que j'ai eu pour lui.

J'ai crié Alexis, ma bouée de sauvetage qui a fini par couler à pic. Comme le reste de ce que nous fûmes. J'ai hurlé ma haine, ma haine féroce à l'égard du peu de considération qu'il a eu pour moi.

Dans un murmure, j'ai laissé échapper mes parents et le sentiment d'abandon qu'ils avaient gravé en moi. Je ne voulais pas qu'on l'entende, par crainte que la honte ne m'étouffe. De ne pas avoir été le modèle de fille qu'ils attendaient de ma part.

J'ai craché ma maladie, qui s'infiltre en moi comme par effraction. J'ai vomi mon dégoût, ma hargne face à l'humanité qui m'a légué ce piètre héritage.

Et quand tout ce qu'il y avait de mauvais en moi-même a franchi le seuil de ma bouche, j'ai encore parlé longtemps.

D'Angéline, pour tout ce qu'elle a fait afin que je sois heureuse, un tant soit peu. Du fait qu'elle m'ait quittée si vite, alors même que j'avais le plus besoin d'elle. J'ai regretté, surtout, de ne pas l'avoir connue plus tôt.

J'ai parlé de Vincent, et du support moral qu'il était pour moi. Le bonheur, la simple joie qu'il m'apportait par sa seule présence. J'ai, soudain, considéré l'importance de l'amitié.

Ensuite, je suis partie. Dans un état second, presque engourdie de m'être mise à nu devant une étrangère qui n'a pas ou presque pas fait de commentaire. Elle a analysé ce que j'étais, ce que je deviendrais par l'évolution de ma situation. Rien de plus concret.

Je ne saurais dire avec exactitude pourquoi tout cela m'a fait du bien. Une libération profonde et sans mélange, qui m'insuffle la force d'accomplir ma destinée. Je n'y retournerai pas. Je sais que maintenant que le venin est sorti, il me faut passer à autre chose. Le reste du chemin, je veux être seule pour le parcourir, sans personne pour influencer mes choix.

Point par point, avant de mourir, je vais réparer les erreurs qui auraient pu être évitées. Je vais souder, et dessouder les liens qui existent dans ma vie. Le premier sur ma liste s'appelle Alexis.

## Explication

*Cher Alexis,*

*Sache, premièrement, que je n'écris pas cette lettre de gaieté de cœur. Et le temps qui passe n'arrange rien, car je ne sais plus qui tu es.*

*J'ai commencé de m'installer dans la maison d'Angéline, et bientôt j'y resterai définitivement. Peut-être l'air que je respirerai là-bas me fera autant de bien qu'à mon enfant, du reste.*

*Par un bref retour en arrière, j'aimerais que tu te souviennes de ce temps où il en était autrement entre nous. La beauté du bonheur que nous avons vécu valait à elle seule la peine d'avoir ensuite souffert autant, tu sais. Mais je n'ai pas envie de raconter à nouveau tout cela. Pas aujourd'hui.*

*Là où je veux en venir, c'est à ces nuits torrides où plus rien n'existait que nous deux, et les étoiles. L'éternité, le temps d'une rose, nous faisions l'amour sans nous soucier le moindrement de ce que cela pourrait entraîner. Pour toi. Car pour ma part, il était déjà trop tard et je n'en avais pas idée.*

*Je suis séropositive, Alexis. C'est donc dire que je mourrai un jour de cette maladie, et que tu l'as peut-être aussi contractée. Te l'écrire me fait peur et me fait mal, mais c'est la vérité et tu disais toujours que la vérité, quelle qu'elle puisse être, valait encore mieux que ces mensonges qui nous bernent seulement un temps.*

*Ces mots qui glissent sur le papier vont trop vite, ils m'échappent eux aussi. Comme toi. Je suis sincèrement désolée, tu peux me croire. C'est un dernier cadeau de Mathieu, qu'il n'avait pas prémédité. Ne lui en veux pas, c'est pour le moins inutile à présent. On ne peut refaire le passé, quand bien même on y emploierait sa vie entière.*

*Je ne veux pas que tu reviennes, ni même que tu fasses plus attention à moi qu'à l'habitude. Je n'ai besoin de rien, et pas de toi non plus. Ta condescendance serait mal venue en cette période de ma vie, et la mienne de ton côté ne serait pas mieux accueillie.*

*Il n'y a plus trace, en moi, de celle que tu avais inventée. Les circonstances ont fait que je mettrai au monde un enfant que je ne verrai pas grandir, et cela me peine au-delà de tout ce que tu peux imaginer. Et je veux, ici, que tu fasses le serment d'en prendre soin. De veiller sur lui comme s'il était ton propre fils, et de voir à ce qu'il devienne quelqu'un de bien. Donne-lui le meilleur de ce que tu es, et apprends-lui comme j'aurais aimé l'aimer, en tant que mère.*

*Oublie le reste, les chimères. Je ne vais pas mourir dans le camp ennemi, ce serait du temps perdu. Je n'ai plus le temps. Et appelle-le Alexandre, je t'en prie. Ou Alexandra. Ce sont là mes dernières volontés, car je ne te demanderai plus rien.*

*Tout ce qui est mort ne peut revivre, ainsi est faite la nature. Merci pour tout ce que tu m'as apporté, l'expérience et le reste. Un bout de ciel bleu que je garde au frais dans ma mémoire, les bulles d'un champagne que j'ai savourées lentement pour ne pas en perdre le souvenir.*

*Je souhaite ardemment que mon propre passé, celui dont tu ne fais pas partie, ne parvienne pas jusqu'à toi. Je ne crois pas en Dieu, mais j'espère tout de même que celui d'Angéline saura t'épargner.*

*Cela dit, il restera toujours, en moi, un instinct de protection à ton égard. Préserve-toi.*

*Sarah.*

### Ensoleillé

Il fait chaud, dehors. Il fait beau, c'est un été comme on n'en a pas eu depuis longtemps. Mais les rayons de soleil ne parviennent pas jusqu'à la grisaille de mon cœur, qui contemple ironiquement ce déploiement de couleurs sans mot dire.

Je pourrais faire semblant d'aller bien, ce serait facile au fond. Mais je ne vais pas bien, et ma douleur psychologique m'empêche de faire tout autre chose. Je mange par obligation, parce que bébé en a besoin. Prostrée sur ce divan, depuis trois jours je songe que je ne suis qu'un grain de sable dans l'univers. Ça ne dérangera personne, si je crève de cette foutue maladie. Pas mes parents, qui ne m'ont jamais redonné de leurs nouvelles. Pas Mathieu, qui ne pourrait que compatir en silence à ma douleur. Peut-être Alexis. Il se retrouvera avec une autre vie à gérer en plus de la sienne.

Ça ne pourra même pas vraiment déranger mon enfant, puisqu'il n'aura jamais la véritable chance de me connaître. Ne lui restera de moi que ces lettres, un souvenir en quelque sorte... Il grandira orphelin, mais s'en accommodera parce qu'il ne connaîtra pas d'autre mode de vie.

C'est un dimanche après-midi qui passe lentement, bien trop lentement. La sonnette retentit, et je me lève pour aller ouvrir en maugréant. Cela ne me semble pas être une excellente idée de venir chez moi, alors que je suis en si mauvais état. Je n'ai pas envie de faire subir cela à quiconque, et j'estime avoir parfaitement raison.

Vincent se tient là, sur le seuil de ma porte. Je l'invite à entrer, d'une voix un peu sèche. Mais il est rudement plus difficile à démonter, et entre en sifflotant un air joyeux, promenant autour de lui un regard enjoué.

Je l'avais appelé pour lui apprendre la nouvelle, et il avait promis de passer me remonter le moral. Ce jour est manifestement venu, mais il tombe mal. Je n'ai envie de voir personne.

— Tu es affreuse, tu sais, lance-t-il en guise de salutations.

Il faut savoir que Vincent n'aime pas qu'on le boude, quand lui est de bonne humeur. Pour quelque raison que ce soit.

— On ne t'a jamais dit qu'il était plus poli de dire bonjour avant d'insulter quelqu'un? lui répliqué-je d'un ton irrité.

— Bonjour! Tu es affreuse, tu sais, répète-t-il en se fichant de moi.

Ma mâchoire se crispe, j'aurais envie de lui hurler de s'en aller.

— Je sais de quoi j'ai l'air, Vincent. Mais est-ce vraiment utile que je te dise que je suis malade?

— Non, ça, je le sais déjà. Et c'est bien pour cela que je suis venu.

Je m'éloigne de lui, le plus loin possible mentalement. Je fais la tortue qui rentre sa tête dans sa carapace au moindre pépin. Je reprends ma position préférée sur le divan, roulée en boule, le visage tourné vers la fenêtre.

— Il y a deux manières de réagir quand on apprend qu'on est frappé d'une terrible maladie, me dit-il d'un air sérieux et contraint. D'abord refuser d'accepter qu'on est malade, ou alors s'y résigner et en profiter pour le temps qu'il nous reste.

Il a raison, évidemment. Mais il est toujours plus facile de parler pour les autres quand on est en parfaite santé, parce qu'on a la force de lutter pour l'autre et aussi parce qu'on croit qu'on est invincible. Je sais ça parce que j'ai ressenti sensiblement la même chose, quand Mathieu m'a appris la nouvelle. Seulement lui a choisi de s'y résigner, sans changer quoi que ce soit dans sa dégoûtante façon de vivre. Est-ce là un signe de faiblesse ou de force?

Je me sens fatiguée, épuisée serait en fait le mot qui convient le mieux. J'ai peine à soulever un crayon, me traîner jusqu'à la cuisine pour manger me semble à lui seul un immense effort. Normal, probablement, puisque je ne dors presque plus. Et j'ai aussi terriblement mal à la tête, ce qui est sans doute dû à l'AZT.

Je tourne la tête, regarde Vincent. Il voudrait m'arracher mes secrets, me consoler peut-être. Mais en tout futur homme qu'il est, il ne le dira pas. Il me laissera le loisir de choisir mes mots, du reste il me laissera le loisir de choisir de ne rien dire du tout. Contrairement à une fille, qui se serait mise à genoux pour savoir ce que j'ai.

— Qu'est-ce qu'on fait, Sarah? On va se promener, il fait un temps superbe dehors! D'ailleurs, ça n'est pas bon pour ton bébé que tu restes enfermée ici. Il a besoin d'exercice, tu sauras!

L'énergie de ce drôle de gars me gagne, et je me laisse entraîner dans son jeu. Après tout, il a dit que ça ferait du bien à mon bébé, et non pas à moi. C'est ma façon de lui prouver ma reconnaissance, et il saura l'interpréter.

Il a apporté ses *roller-blades*, et en sort une autre paire de son sac à dos.

— Ah non! Il n'en est absolument pas question,

m'exclamé-je. Ça pourrait être dangereux, si je tombe. Et même sans mon petit bout de chou qui pousse là-dedans, fais-je en montrant mon ventre, je ne serais pas certaine de tenir en équilibre sur ce nouveau moyen de transport...

Il éclate de rire, et ça me fait du bien. Il n'écoute jamais rien de ce que je lui dis, et je crois que c'est bien pour ça que je l'aime autant. Pendant longtemps, je n'ai eu que moi-même avec qui me battre. Et j'ai besoin de quelqu'un qui me contredise, juste pour me prouver que j'ai raison. Toujours gagner, c'est la chose la plus mortelle que je connaisse.

Nous argumentons au moins un quart d'heure sur cette fichue paire de patins, jusqu'à ce qu'il cesse de parler et entreprenne de me les enfiler lui-même. Il se lève et me prend par la main, me la serre très fort pour que je comprenne qu'il ne va pas me laisser filer.

Il me montre comment, jusqu'à ce que j'aie assez bien saisi pour qu'on se risque à faire quelques pas. C'est amusant, il y a longtemps que je n'ai pas ri comme cela. Tout l'après-midi nous parcourons le vieux Montréal, puis je m'assois sur un banc, au bord de l'eau. Je suis en nage, mais je m'aperçois que je n'ai pas pensé à mes problèmes depuis un bon moment. Je réalise, soudain, que je peux être heureuse même sans Alexis ou Mathieu, et même avec cette maladie. Le reste de ma vie n'est pas forcément obligé d'être morne...

Vincent ne dit rien, mais je vois à l'expression de son visage qu'il est ravi d'avoir réussi à me dérider un tant soit peu. Cette journée, somme toute, valait la peine d'être vécue.

## Réponse

J'ai bien réfléchi sur ce que j'allais faire, maintenant que je sais qu'il m'en reste moins long à vivre que ce que j'en ai de vécu. Être malade, je crois que c'est beaucoup plus un état d'esprit qu'autre chose. Souffrir implique qu'on ne peut rien y faire, tandis qu'être malade dépend de comment on veut être. Je ne voudrais pas être malade, et pourtant je le suis. Mais je ne souffre pas physiquement, pour l'instant, et la possibilité de faire un tas de choses m'est accordée. Et c'est peut-être le seul point positif que je concède à la séropositivité : celui de me laisser pendant un certain temps un semblant de vie normale... Bien sûr, je vis sans cesse avec cette menace au dessus de ma tête, mais du reste je ne souffre pas. J'ai lu quelque chose, dans un livre, qui m'a profondément touchée:

*« Le Sida, c'est certes une maladie inexorable mais elle n'est pas foudroyante, c'est une maladie à paliers. Un très long escalier qui mène assurément à la mort mais dont chaque marche représente un apprentissage sans pareil. C'est une maladie qui donne le temps de mourir et qui donne à la mort le temps de vivre. Le temps de découvrir le temps et de découvrir enfin la vie. »*

En vérité, c'est bien ainsi que je devrais concevoir les choses. Mais malgré que j'essaie très fort, ça ne vient pas. Je me sens toujours aussi désemparée, et sans aucune aspiration vers la mort. Parce que la mort, ça n'est vraiment plus rien. Et je n'accepte pas d'être réduite à rien.

Je dois continuer de vivre, pour Lui. Mon bébé, le fruit de mon amour à sens unique pour Mathieu. Pour qu'il ait une vie *potable*, si c'est bien le mot qui convient.

Je dois lutter, me battre au péril de tout. Je n'ai pas su être heureuse, mais je voudrais lui offrir la chance de sauver mon âme.

Parfois, un étourdissement. La fin du monde. Quelques secondes. Je ne m'y arrête jamais, de peur d'y rester.

Je mets la trame sonore du film *La leçon de piano*, une musique que j'avais oubliée depuis longtemps. Elle calme un peu les muscles de mon corps, laisse entrer en moi une douce accalmie qui ne dure malheureusement qu'un temps. Même l'effet de la musique est éphémère.

Alexis m'a promptement répondu. J'ai scruté l'enveloppe, à savoir ce que j'y trouverais encore. Je l'ai ouverte lentement, pour savourer l'ignorance de son contenu. Pour l'inventer.

*Petite Rose,*
*Je ne me souvenais plus de toi aussi douce, aussi résignée. Ce n'est pas celle que j'ai connue, en effet. J'arrive à peine de l'hôpital, où je suis allé passer le test le plus effrayant de mon existence. Mais je déblatère, car ce n'est pas du tout ce que j'ai envie d'écrire.*
*Ce n'est pas sérieux, tout ça. Bien sûr, je me souviens des nuits et des étoiles. Mais il y aura d'autres nuits, d'autres étoiles. Et il y aura nous deux, au milieu, pour montrer au monde entier la force de notre amour.*
*Pardonne-moi d'être parti si vite, sans expliquer pourquoi. Parler de ma mère n'était pas possible, à cet instant. Elle était la faille du bonheur, qu'il me fallait amoindrir. J'aime ma mère autant que toi, et en abandonner une des deux me semblait lâche, si lâche. Pardonne le mensonge que je t'ai servi, perspicace Sarah.*
*Je prendrai soin de toi, de ton enfant, et à nous trois, nous*

*formerons une jolie famille. Nous habiterons cette maison que tu aimes et que j'aime tant, et nous inventerons des jeux où nous serons les seuls maîtres. Tu verras, comme nous serons heureux. Toi, moi et Alexandre ou Alexandra. C'est un joli nom, tu as bien choisi.*

*J'arriverai bientôt, quand Emmanuelle rendra son dernier soupir. Je crois qu'elle sera mieux avec Angéline qu'avec moi, qui ne sais pas l'art de soigner les malades. Je t'empêcherai d'être malade, je trouverai un remède. Et je ne serai pas malade, j'en suis sûr.*

*Sois forte, ma jolie. Accroche un sourire à tes lèvres, et ne l'enlève plus. Aime la vie chaque instant, avec l'intensité qu'il se doit. Je regrette de ne pouvoir partager avec toi ces moments, et d'en avoir autant perdu.*

*Trêve de plaisanterie, rien n'est terminé entre nous. Au contraire, l'aube se lève à peine. Je t'aime, mon ange.*

Très joli. Mais profondément inutile. Alexis ne comprendra décidément jamais rien. Son utopie masculine, sa confiance sans bornes le pousse à croire qu'il peut vaincre tous les dragons. Je trouve cela stupéfiant. Comment a-t-il pu écrire ces insanités, alors qu'il n'avait pas le moindre désir de les respecter? Je ne quémandais pourtant pas sa pitié, qu'il m'offre sur un plateau d'argent.

Blessée, dégoûtée, je jette ce chef-d'œuvre sur le plancher. Car tout autre que moi se serait saignée pour recevoir un tel bouquet de fleurs.

Seulement, c'est là le désavantage de connaître bien quelqu'un. On finit par savoir ce qu'il y a derrière la parure, la façade de la maison. On ouvre la porte et on constate le désordre, la saleté qui nous avait échappé initialement. On se donne envie de gerber là, sur la moquette. Elle est déjà sale, de toute façon...

Les larmes viennent enfin dénouer ce nœud pris au fond de ma gorge, ce nœud d'orgueil et de frustration. Je me sens impotente, inutile comme une vieille chaussette trouée que l'on ne prendra jamais la peine de raccommoder. Jetée à la poubelle, comme un déchet. Comme quand Mathieu faisait l'amour avec moi et qu'il allait voir une autre fille, le soir d'après.

Mais ce sont de vieux souvenirs qu'il vaut peut-être mieux laisser où ils sont, pour ce soir du moins. Je n'ai plus envie de penser, c'est une infernale torture qui me ronge jusqu'à la moelle. Je préfère m'endormir, épuisée de devoir me battre contre du vent.

Les hommes qui sont entrés dans ma courte épopée ne m'ont fourni que malheur et insomnie...

## Opinion

Vincent m'a retrouvée le lendemain matin endormie sur le divan, encore tout habillée et la main gauche ouverte, pour échapper la lettre d'Alexis. J'imagine qu'il l'a parcourue rapidement des yeux, puis m'a ensuite préparé un copieux petit déjeuner pour me faire oublier tout ça. Sans doute comprend-il mieux que moi les pensées d'Alexis, puisqu'il est lui-même un homme. Même homosexuel, ce qui à mon avis ne change absolument rien. Et il a peut-être pensé que manger était la seule solution immédiate à cette nouvelle tuile qui me tombait sur la tête...

Je me suis réveillée en sursaut au bruit d'une fourchette qui tombait, et remémoré péniblement les événements de la veille en apercevant la lettre qui trônait entre le sel et le beurre, sur la table de la cuisine. Sans dire bonjour à Vincent, j'ai filé sous la douche mettre un peu d'ordre dans mes idées. Puis j'ai avalé avidement tout ce qu'il m'avait préparé, surtout pour ne pas l'insulter. Je n'avais pas faim.

J'ai bu mon café, regardé Vincent jeter un coup d'œil sur le journal du matin. Il ne lit jamais complètement les informations; il préfère sélectionner rapidement ce qui l'intéresse.

— Tu l'as lue? lui ai-je demandé entre deux gorgées de café.

Il me regardait du coin de l'œil, partagé j'en suis sûre entre l'envie d'en savoir plus long et celle de se mêler de ses affaires.

— C'est une question, ou une affirmation? m'a-t-il demandé au bout de quelques secondes d'intense réflexion.
— Les deux, j'imagine... Puisque que tu en as pris connaissance sans que je te le permette, j'estime qu'il serait équitable d'au moins savoir ce que tu en penses.
— Tu es incroyable, a-t-il marmonné en secouant négativement la tête. Mais comme tu es mon amie, je vais effectivement te dire ce que j'en pense.

J'ai retenu mon souffle, attendant son verdict avec une certaine appréhension. S'il est vrai que la vérité est toujours préférable au mensonge, il est faux de penser qu'elle fait moins mal...

— Des idioties, tout ça. Un paquet d'idioties cachées sous une tonne de beaux mots. Il aurait voulu t'engueuler, mais a choisi de te ménager.

Il est du même avis que moi. Je le regarde encore, mais il a tourné les yeux. Pensif, il se gratte le menton et les quelques poils qui y poussent.

— Des idioties, certes. Mais de l'amour, il y en a tout de même beaucoup dans cette lettre. Il t'aime mal, j'en conviens, mais il t'aime.

Je me jette dans ses bras, pleure toutes les larmes de mon corps, puis prends une grande respiration. Je vais lui répondre quand je trouverai les bons mots, sans quoi toute ma rancœur à son égard risque de lui attribuer jusqu'à cette souffrance atroce qui m'horripile.

### Renvoi

*Cher Alexis,*
*J'aimerais pouvoir donner à cette lettre un ton aussi informel que possible. Mais pour tout te dire, je ne peux pas. L'écœurement qui m'étreint en cet instant m'empêche d'être aussi hypocrite que je le voudrais, malheureusement. Dommage.*
*Tu n'as rien compris, pauvre chéri. Je ne t'ai pas envoyé une missive pour que tu accoures, ou que tu répondes comme un imbécile. Tu me fais royalement chier, avec cette romance fausse. Tu crois que je ne sais rien, que je ne sais pas. Mais l'amour est un sentiment trop noble pour que je te laisse ainsi le détruire, aussi me dois-je de t'expliquer, une dernière fois.*
*On ne fait pas pousser un jardin sur une terre saturée, Alexis. Et c'est bien là pourtant ce que tu tentes de faire. Tu as tort, infiniment tort. Laisse nos souvenirs dormir en paix; ils le méritent bien. Laisse notre histoire être belle avant qu'elle ne devienne laide. Fiche le camp de ma vie amoureuse. Puis-je m'exprimer encore plus clairement? Ne m'approche plus. Nous avons vécu ensemble tout ce que nous avions à vivre. Pour le reste, tout n'est que ruine.*

*Je t'ai écrit par désœuvrement, par désolation. Je vais mourir de cette putain de maladie. Ce n'était pas un avertissement, mais un fait permanent. Je vais mourir plus jeune que toi, et je voulais assurer un avenir à mon enfant. Rien de plus. Rien de moins.*

*Tiens-toi pour dit que je ne changerai pas d'idée. Je ne veux pas passer le peu de jours qu'il me reste dans l'angoisse de ce que nous sommes. Je ne veux plus être quoi que ce soit à tes yeux, autre que le passé.*

*Un jour, j'en suis certaine, tu seras à même de comprendre. De trouver qu'il y avait du bon sens à ce que je racontais. Et c'est par respect pour toi que j'agis ainsi. Alors ne me fais pas enrager en étant plus stupide que tu n'es.*

*Tu es quelqu'un d'intelligent, Alexis. Tu as mieux à faire, j'en suis sûre.*

## Cycle

Emmanuelle est morte hier. La boucle est bouclée, pour Alexis. Il n'a plus de famille, plus de bouée de sauvetage. Il a moi, sans savoir. Je ne veux pas qu'il sache. Je veux simplement être là. Je lui lègue une famille, un enfant. Ce sera à lui d'en faire quelque chose de grand et de superbe.

Il a téléphoné, pour me dire qu'il avait reçu ma lettre. Et qu'Emmanuelle était morte. Il avait autant besoin de parler que j'avais besoin de l'écouter. Ce furent de beaux moments. Il a dit que sa mère était morte de chagrin, pas de maladie. Elle aimait son père, et n'a pu supporter le poids de sa disparition. Son père est mort il y a longtemps, au champ d'honneur. Son père était soldat, et il est mort dans un autre pays. Pour un autre pays. Emmanuelle ne le lui a jamais pardonné.

C'était peut-être un message, que j'ai fait semblant de ne pas entendre. J'ai envoyé une gerbe de roses à Emmanuelle. En souvenir de la femme qu'elle fut sans doute, et non pas en hommage au petit paquet de chair qu'il m'a été donné de voir un jour. Le cycle de la vie est complété.

Alexis s'effondrera en silence, comme chaque chose qui compte pour lui. Il ne reviendra que lorsqu'il ira mieux, et peut-être même plus tard. Mais cela ne me dérange pas. Je me suis habituée à son absence, et la souffrance qui en résultait. Tant et si bien que je l'aime encore mieux que sa présence, qui ne comble rien.

Un jour, j'expliquerai l'amour. Ce trou, ce vide que l'on porte en soi. L'orgueil que j'éprouve de m'être fait damer le pion a fait disparaître de moi toute trace de tendresse, sauf à quelques moments précis qui n'ont pas de valeur temporelle. Je dirai l'inconditionnel de mes sentiments, et tout ce que je ferais pour lui. Je lui appartiens.

Seulement, ce ne sera pas à Alexis que je le raconterai. J'en ferais un livre, plutôt. Car ce type ne mérite pas que je lui expose aussi clairement la situation.

Il est apparu sur mon corps des marques. Brunes et de diverses formes, de diverses longueurs. Le médecin a dit qu'il ne fallait pas s'inquiéter, que c'était normal. Normal de mourir si jeune. Mais ça, il ne l'a pas dit. Ça n'est pas son boulot. J'ai été m'acheter une cargaison de fond de teint.

Sans faire exprès, j'ai rencontré Gabrielle à nouveau. Je suis allée à Montréal, faire un saut à la boutique pour voir comment ça allait. En sortant, je suis allée prendre un café dans un petit restaurant, tout près. Et elle était là, assise à une table, les jambes croisées, en train de lire consciencieusement son journal. Je me suis levée, pour aller me présenter.

— Bonjour, je m'appelle Sarah. Je suis une amie d'Alexis Deschênes.

Elle avait l'air surprise, mais faisait sans doute un effort considérable pour ne pas me le montrer.

— Comment avez-vous fait, pour savoir que je le connaissais?

Le sourire qu'il m'est venu aux lèvres ne contenait aucune méchanceté. Je ne voulais pas de mal à cette fille, même si elle était la cause d'un chagrin sans nom.

— Il m'a dit que vous vous appeliez Gabrielle, et que vous travailliez dans un magasin de souliers, presque à côté de l'endroit où je travaillais moi-même. La friperie, à deux coins de rue.

Elle ne disait rien, attendait la suite.

— Je suis entrée dans votre magasin, l'autre jour, et je vous ai vue. Seulement, je n'ai pas osé aller vous parler.

Maintenant, elle comprenait. Et elle semblait plus détendue. Moi, je ne savais plus quoi dire.

— Son amie, vous dites. J'ai du mal à vous croire. On n'est jamais l'amie d'Alexis. Cela ne cadre pas avec ce qu'il est.

Elle avait raison, infiniment raison. Elle me scrutait derrière le bleu de ses yeux, et je me sentais démasquée. Alexis était beaucoup trop limpide pour que je puisse délibérément lui mentir sur ce point. Et d'ailleurs, je n'en avais pas envie.

— J'ai été sa copine, un temps.
— Je m'en serais doutée.

Sa détermination, sa férocité en faisaient une loyale adversaire. Décidément, j'aimais de plus en plus cette fille. Elle ne se perdait pas en compliments, ne parlait pas d'elle-même comme le font généralement toutes les femmes. Elle possédait une assurance, un front admirable.

— C'est de lui dont vous êtes enceinte?
— Non.

Un sourire s'étendit alors sur son visage, qui l'illumina d'un coup. Elle était soulagée.

— Alors, Sarah. Dites-moi maintenant pourquoi vous êtes vraiment venue me voir.

Je l'adorais. Elle avait tout pigé.

# Septembre

## *Féminité*

Il fallait bien que ça arrive. C'était la suite logique des choses, à laquelle je n'avais jamais pensé. Vincent est arrivé à la maison, ce matin, en hurlant de joie. Enfin, presque. Il se noyait dans cette odeur inqualifiable que seuls ceux qui n'atteignent pas comme lui le nirvana peuvent sentir, il puait littéralement le bonheur. Il gambadait, sautillait, s'énervait. M'emmerdait. Il s'était fait un... petit ami? Petit ami.

Je n'ai strictement rien compris à son histoire, mais elle était sûrement très belle. Sans doute faisait-il un peu noir, feutré, et n'y avait-il autour d'eux que très peu de monde. Et une musique de fond, pas trop harassante. Pour qu'ils puissent se parler. Peut-être lui a-t-il offert un verre, ou le contraire, et se sont-ils racontés leur vie. Je ne sais pas comment on « cruise » un homosexuel, moi.

Ensuite, ils se sont gentiment raccompagnés l'un chez l'autre. Ne sont pas montés. C'était le premier soir, et c'était du sérieux. On sait toujours faire la différence entre ce qui sera sérieux et ce qui ne le sera pas. Même le premier soir.

Vincent m'a dit que son copain était un beau grand brun de vingt-deux ans. Parfait en tous points. Il fait la grande folle, le fait exprès, rayonne d'amour et d'énergie. Et je suis jalouse.

À proprement parler, cela ne me dérange pas vraiment. Mais François, tout autant qu'il se prénomme, me vole un ami. Plus tard, je sais, Vincent reviendra. La folie des premiers instants passe, c'est normal. Mais maintenant, au moment présent, je me sens horriblement seule. Et décontenancée par la nouvelle.

Malgré tout, je me suis levée pour le prendre dans mes bras. Et lui ai demandé de bien vite me présenter François, que je serais évidemment ravie de connaître. Ce n'était pas un mensonge, du reste. Simplement, ce n'était pas tout à fait la vérité.

Gabrielle a téléphoné, pour m'inviter à souper. Je lui ai répondu par l'affirmative, après lui avoir brièvement parlé de Vincent. Elle l'a invité, lui aussi. Il était enchanté. Il a amené François.

Le repas était délicieux, comme le reste d'ailleurs. Comme Gabrielle elle-même, qui ressemble à un gâteau Vachon. Tendre et de bon goût. Simple et pas du tout compliquée. Je crois que nous deviendrons des amies.

Nous avons bu un peu trop de vin, et nous sommes tous les quatre lancés dans une grande conversation sur les graves problèmes de ce monde. Les affreuses maladies. Les divergences sexuelles. Les amours impossibles.

François est absolument charmant. Doté d'une intelligence vive, l'œil pétillant, la voix cordiale. Et il adore Vincent, qui de son côté semble jouer la carte de l'indépendance. Cela me donne envie de pouffer de rire, mais bon. Je ne vais pas m'interposer dans la relation de mon meilleur ami, tout de même.

Ces deux larrons se sont éclipsés de bonne heure,

me laissant seule avec Gabrielle. Elle m'a servi un bloody cæsar avec beaucoup trop de Tabasco, après s'être versé pour elle-même un schnapps à la menthe qui, je devais l'apprendre plus tard, était à ses yeux une prédilection.

Sans me regarder, elle a avalé le tout religieusement, pendant que je m'installais plus confortablement sur son sofa. Ensuite, le silence. Un silence chargé de sous-entendus, et propice aux confidences.

— J'aime Alexis depuis un bon moment, déjà.
— Je sais.
— Tu l'as aimé aussi?
— Autrefois.
— Autrefois.
— Oui.

Les interlocutrices de cette discussion étaient interchangeables. Nous aurions pu parler de lui, de ce qu'il avait été pour chacune de nous. Mais cela aurait été inutile, somme toute. Il ne fallait pas gâcher l'amitié, la confiance. Gabrielle était quelqu'un de profondément bien. Étaient ancrées en elle certaines des convictions les plus pures que j'aie jamais entendues. Elle avait dix-neuf ans, et n'avait pas plus envie de parler de son enfance que moi de la mienne. Sans passé.

Je suis retournée à mon appartement tard dans la nuit, parce que j'étais bien chez Gabrielle. Je n'avais pas voulu y passer la nuit pour toutes sortes de raisons, aussi évidentes qu'inexplicables.

Elle n'a rien dit, mais je suis sûre qu'elle aussi trouvait que c'était mieux ainsi. Couchée dans mon lit, mon paradis, j'ai alors laissé voguer mes pensées vers cette espèce de crétin. Qui n'aimait rien de plus que la liberté. Alexis.

Je ne lui apprendrais pas l'existence de Gabrielle dans ma vie. Ni à elle comment je l'avais retracée. Ils étaient suffisamment intelligents, tous les deux, pour le découvrir seuls, un jour.

Penser à cela me remplissait d'un malaise indéfinissable, vraiment. À son retour, je lui offrirais Gabrielle sur un plateau d'or. Et le laisserais la prendre sans mot dire. Ils seraient heureux, ensemble. Beaucoup plus heureux que nous deux.

## Cafard

De toute mon impressionnante circonférence, je me traîne avec de plus en plus de mal. L'impatience domine sur la douleur, mais j'avoue que je serai contente de me décharger juste pour tout le poids qui me tombe, dans les reins.

Gabrielle est venue s'installer dans ma maison pour les derniers temps de ma grossesse. J'ai tenté de l'en dissuader, mais Gabrielle a un caractère au moins aussi fort que le mien. Son instinct féminin, son surmoi lui a dicté de ne pas me laisser seule. Je n'en ai rien laissé paraître, mais j'étais profondément soulagée. J'ai peur de ne pas savoir quoi faire, le moment venu.

Vincent et François filent le parfait bonheur, et déjà parlent de s'installer ensemble, dans un appartement dont ils feront leur nid douillet. Je leur ai suggéré de venir demeurer ici, puisqu'il y a de la place pour tout le monde, mais j'ai réalisé, à leur figure embarrassée, qu'ils avaient plutôt envie d'être seuls, les premiers temps. Je m'en suis voulu de ne pas y avoir pensé avant.

Gaby joue à merveille la nounou. Elle me dorlote, me sermonne, me concocte une panoplie de petits plats. Elle n'a plus parlé d'Alexis, et je sais que si je n'aborde pas le sujet, elle ne le fera plus jamais. Je me demande si elle sait qu'il arrivera bientôt, et qu'il fera lui aussi partie de la maisonnée. Peu importe, cela ne change pas grand-chose.

Cette fille, cette femme en est une de rêve. Jamais un mot plus haut que l'autre, ni plus bas. Elle laisse la chance aux gens de s'expliquer quand ils font des bêtises, mais ne s'en laisse jamais passer. Elle sait aussi bien rire, j'en suis sûre, que pleurer. Et même si je ne le lui dis pas souvent, voire jamais, l'amitié que j'ai pour elle est encore plus profonde que tout ce qu'elle pourra penser.

Elle sera la marraine de mon enfant. Aussi bien dire la mère, en fait. Elle l'élèvera avec Alexis, comme s'ils étaient ses vrais parents. Comme si je n'avais jamais existé.

Pathétique. Beaucoup trop pathétique. Accepte ton sort, Sarah. Tu as la chance d'être tombée sur deux personnes merveilleuses qui sauront mener à bien l'éducation de ton marmot.

Oui, seulement, j'aurais eu envie de m'en charger moi-même.

Le médecin a dit qu'il serait pour moi très difficile de me relever d'un accouchement. Et puis quoi encore. Je ne peux pas mourir maintenant. Pas tout de suite. Je n'ai pas le temps.

## *Froideur*

Il commence à faire froid, dehors. Je ne m'en étais pas encore aperçue, avant ce matin. Un peu comme si même la température ne m'atteignait plus. Un coup d'œil à la fenêtre, pourtant, et j'ai vu l'arbre, qui me semblait vert et plein encore hier, déployer son superbe catalogue automnal. Chaque spécimen offert dans les tons rougeâtres, orangés et ocre. Le téléphone, qui sonnait avec insistance, m'a évidemment forcée à sortir de mon lit où j'étais bien au chaud, endormie.

Je grelottais presque, pieds nus sur le plancher glacial de la cuisine. Le réveil marquait six heures du matin, et ma main s'est mise à trembler avant de toucher au combiné. Trop de bonne heure pour une bonne nouvelle.

J'ai répondu au septième coup, d'une voix mal éveillée tout droit sortie d'outre-tombe.

— Oui?
— Sarah?
— C'est moi.
— Bonjour, c'est maman.

Abasourdie, j'ai retenu mon souffle sans même m'en rendre compte. Il y avait si longtemps que j'attendais cet appel, que j'espérais qu'elle se souvienne de moi...

— Oui, je t'avais bien reconnue, ai-je dit d'une voix maintenant bien réveillée, mais tremblante. J'imagine qu'à six heures un mardi matin, tu ne m'appelles pas pour rien.
— Non, en effet. Ton père est à l'hôpital, et il est plutôt mal en point. En fait, je crois bien qu'il n'en a plus pour très longtemps.

— Mon père, à l'hôpital.

Cela n'a pas allumé en moi de grands voyants, de signal d'alarme. Une douche d'eau chaude m'aurait fait plus d'effet. Je ne sais pas qui est cet homme, du reste.

— Un accident de voiture, hier soir. Un face-à-face mortel, d'un côté comme de l'autre... L'autre conducteur était en état d'ébriété, et il est passé tout droit à un feu rouge le pied à fond sur l'accélérateur.

— Il a des chances de survie?

— En fait, ma chérie, il demande à te voir. Pour la dernière fois.

Elle a fondu en larmes, me laissant de ce fait quelques secondes pour réaliser ce qui se passait.

— Me voir, moi?

Je me demandais s'il savait que j'existais, et voilà qu'il voulait me voir. Sur son lit de mort, qui plus est. Je le lui ai fait répéter, pour en être bien sûre.

— Oui, il invoque sans cesse ton nom depuis hier. Tu dois venir, Sarah.

— J'imagine que oui, en effet.

Elle s'énervait, à l'autre bout. Sale égoïste de fille qui ne veut pas venir voir son père pour une dernière fois, devait-elle se dire.

— J'arrive, maman.

— Je t'attends à la maison.

J'ai raccroché, ne sachant sur le moment pas trop quoi penser de cette sinistre affaire. Puis éclaté en un rire amer, beaucoup plus jaune que sincère. Maman sera seule, bientôt. Sans mari, sans fils ni fille pour assurer ses vieux jours. Elle aura un choc en me voyant, je suppose... Mais qu'elle m'ait appelée signifie au moins que les premiers pas sont faits, et que je n'entrerai pas dans la maison familiale comme en territoire ennemi. À ce propos, je me demande comment elle est parvenue à me retracer. Je croyais qu'il lui répugnait de s'abaisser à poser les yeux plus bas qu'elle. Elle, qui est dans la haute. Haute société, s'entend.

Je m'étire lentement, me disant qu'un bain chaud ne me ferait sans doute pas de tort. J'entre dans ma chambre et sors de ma penderie une robe qu'Angéline m'avait faite exprès pour l'automne, verte avec un léger décolleté.

Un rayon de soleil entre impunément dans la pièce, faisant ressortir l'éclat de la couleur de la robe. Vert, symbole d'espoir. Vert. Pourquoi est-ce que j'accroche sur cette couleur alors même que j'ai autre chose à faire, à penser?

Vert comme les yeux d'Alexis.

Une colère noire s'empare alors de moi, et je déchire le tissu sans vergogne, jusqu'à ce que toute cette adrénaline condensée en moi se taise et me laisse effondrée. Je sanglote comme un enfant, songeant avec amertume que la vie est cruelle. Dans la courte histoire de mon existence, les malheurs se succèdent sans s'excuser, et bien souvent sans laisser autre trace que le souvenir d'un moment qui ne reviendra jamais. C'est injuste, terrible.

Je regarde cette robe sur laquelle j'ai passé ma

frustration, la ramasse et la jette. Elle n'était, de toute façon, pas vraiment convenable pour le deuil que je devrais porter. J'en prends une autre, dans les tons de gris foncé, l'enfile et me maquille juste assez pour être présentable. Encore que ma mère jettera, à son habitude, un regard dédaigneux sur moi, ce que je suis devenue. Elle regardera mon ventre, signe inéluctable de la dévergondée que je suis. Que j'ai toujours été.

Qui pourrait croire, me dis-je en regardant dans le miroir, quelle fille je suis vraiment... Les pédales que je perds aujourd'hui sans crier gare ne sont pas surprenantes à mes yeux. Je refoule mes sentiments jusqu'au moment où je n'en peux plus, et je déborde à la première goutte de trop. La sonnerie du téléphone a ce matin fait déborder le vase, voilà tout.

Mon père est presque mort. Cela devrait, pourtant, me faire réagir. Car après tout, je n'existerais pas sans lui.

Réflexion faite, je rectifie. J'existe par ses seuls spermatozoïdes. Le reste, ce n'est pas de lui que je le tiens. Le reste, c'est un mépris profond. Le reste, c'est bien ça qui n'existe pas.

## Fugace

Je suis entrée à reculons dans la chambre d'hôpital. Cela sentait les médicaments, et la mort. Et j'ai pensé que ce serait la senteur que j'endurerais avant la mienne, qui approchait toujours à grands pas.

Il était couché les bras ballants, comme un abruti. Autour de lui, une panoplie de tubes dont j'ignorais l'utilité. À quoi cela servait-il, en effet, de le maintenir en vie alors qu'il était manifeste, à le regarder, que sa propre volonté n'était plus de la partie? On aurait dû l'euthanasier.

Tout d'abord, j'ai cru à un canular de la part de ma mère. Cet homme n'arriverait jamais à me parler, c'était plus qu'évident. Mais il a quand même ouvert les yeux, et soufflé quelques mots auxquels je n'ai pas accordé beaucoup d'attention. Mon nom, entre autres. Une infirmière est venue gentiment lui enlever ce masque qu'il avait sur la bouche et qui l'empêchait de se faire comprendre. Elle m'a simplement dit qu'il m'attendait. Elle sous-entendait qu'il m'attendait pour mourir.

Son dernier discours, donc, fut à mon intention. J'étais son principal regret, sa plus grande ignorance. Il ne s'en excusait pas, puisqu'il ne pouvait remédier à la situation. Il avait seulement envie de mourir en paix.

Alors, un bref sentiment s'est emparé de moi. Une fugace envie de tenir son corps frêle dans mes bras, pour la première fois. Et de dire que ça y était, j'avais bel et bien un père. Mais je ne l'ai pas fait, parce que ça n'était pas vrai. Toute une vie ne s'efface pas en quelques minutes sur un lit de mort.

Il est décédé à quatre heures trente-deux, ce matin. Cette nuit, plutôt. Ma mère était à côté de moi, lui tenant la main comme l'aurait fait toute bonne épouse attentionnée envers son mari. Son visage pâle trahissait l'immense fatigue qu'elle éprouvait, et la lassitude se lisait clairement sur ses traits. Après deux longs jours de combat, papa a enfin rendu les armes. Tiens, je ne l'avais jamais appelé papa.

Il s'est tout simplement arrêté de respirer, glissant tout doucement vers le sommeil éternel. Et je sais qu'il était mieux, qu'il était prêt à partir pour ce pays d'en haut. Lorsque le docteur est venu présenter ses condoléances, je me suis éloignée pour lui parler. Car maintenant, je pouvais donner libre cours à mes pensées. Il ne les interromprait plus jamais.

« *Ainsi, le père que je n'ai pas eu n'est plus. C'est presque du gâchis, tant de temps perdu. Dommage. J'aurais aimé que tu puisses me dire comment c'est, là où tu es. Parce que je vais aller te rejoindre plus tôt que tu ne penses, et pour des raisons que tu aurais peine à imaginer.*

« *Oui, dommage. À cet enfant, je vais donner un père. Un rocher solide, sur lequel il pourra toujours s'appuyer. Un modèle, un héros, celui dont on a tous besoin un jour ou l'autre. Et pour le temps qu'il me reste, je vais tenter aussi d'être sa mère, autant que faire se peut. Je ne me laisserai pas abuser par le souvenir d'une famille aussi craquelée et fausse que la nôtre. Mourir, plutôt. Et dans la dignité.*

« *Je n'irai pas fleurir ta tombe. Pourquoi embellir ta Mort, alors que jamais tu n'as embelli ma Vie?* »

Achevant ce discours intérieur, j'ai fait un signe de croix, puis laissé ma douce maman seule avec le fantôme de mon père. Tout à l'heure, c'est à moi qu'elle viendra jouer le grand jeu.

Elle a sursauté en voyant mon ventre si gros, puis est venue me serrer dans ses bras en me disant qu'elle était contente que je sois revenue. J'ai grimacé un sourire, en sachant parfaitement qu'elle n'en attendait pas plus de moi. Elle est machiavélique, cette marâtre au teint de marbre.

— Tu es bien logée, tu ne manques de rien? furent

les seules paroles qu'elle osa prononcer sur la nature de notre différend.

— Je vais très bien, ne t'en fais pas.

J'aurais voulu lui parler d'un tas d'autres choses, mais je n'ai pas pris le risque. Lui dire, par exemple, comme cette rupture familiale m'avait fait mal. Lui raconter, peut-être, ce qu'était devenue ma vie depuis qu'elle n'était plus dedans. Mais j'ai renoncé en la regardant, elle et sa façon tellement enrageante d'arranger les choses à sa manière. Je suis revenue, rien d'autre ne compte et on ne reparlera jamais de cette histoire. Elle planera comme une ombre au-dessus de nous, nous empoisonnera l'existence.

J'ai compris que ça ne pouvait pas rester ainsi, et j'ai déjà trouvé la solution. Je vais m'en retourner sans un bruit ni sans un mot, sans pleurs ni cris... C'est la meilleure chose à faire.

### Finalité

Un homme, un orateur quelconque, récite des psaumes que personne n'écoute, mais cela fait sans doute plaisir à ma mère de voir qu'il y a autant de monde pour l'enterrement de son défunt mari. Et sa charmante fille à ses côtés, qui sourit à s'en fendre la peau. Pure hypocrisie.

Comme par enchantement, le temps est à l'orage et couvre le ciel d'un voile gris. Le gratin de la société qui faisait la joie de mes parents renifle à qui mieux mieux, en répétant quel merveilleux homme était mon père. C'est bien triste que nous soyons consacrés Merveilleux seulement après notre mort, et non avant.

Mais j'imagine que cela aussi est dans l'ordre des choses, et qu'il ne faut surtout pas le troubler.

Cela, et ma taille qui s'est « un peu arrondie ». Mais cela me va très bien, paraît-il, et de toute façon il fallait que je prenne un peu de poids pour être parfaite. Sublime. D'aucuns ont suggéré qu'il y avait peut-être un bébé là-dedans.

Toute cette mascarade m'écœure, pour dire la vérité. On ne veut pas devenir adulte, et pourtant un jour il le faut quand même. J'aurais préféré ne pas grandir, rester pour toujours la petite fille qui passait des heures à jouer à la poupée. Étais-je mieux? Au fond, peut-être pas...

*Adieu, papa.* Les larmes, à cet instant, inondent mes yeux. Mais il est trop tard pour penser au passé, et regarder en arrière ne ferait que perturber davantage ce qui l'est déjà trop.

Pendant que l'on descendait le cercueil dans la fosse, j'ai filé en douce, comme un cambrioleur. De retour chez moi, j'ai ouvert mon cahier pour me livrer à une activité qui m'avait manqué.

*Mon petit poussin,*
*Je suis désolée, une fois de plus. J'ai cassé le dernier lien familial qu'il me restait, et tu viens de perdre ton unique grand-père. Parce que l'autre, j'ignore même s'il existe. Je ne t'avais jamais parlé de lui, et ni Alexis ni Mathieu ne connaissaient son existence. Aucune importance. Surtout maintenant.*
*Il me reste ma mère, cette femme qui ne t'aurait jamais laissé le droit de vivre. Je me suis enfuie de tout ce qu'elle représentait, elle et sa tête d'autruche qui se cache dans le sable. Après tout, si elle a pu faire semblant que je n'étais pas*

*enceinte, elle peut tout aussi bien faire semblant que je n'existe pas...*

*Cela ne fait rien, je t'assure, si tu n'en rencontres pas un des deux. Parfois, il vaut mieux souffrir de l'absence de quelqu'un que de maudire sa présence toute une vie durant. Ta grand-mère n'est pas foncièrement méchante, mais elle te bouffera à l'usure comme elle l'a fait avec moi. Éloigne-t'en, laisse-la loin derrière.*

*Je ne te parle pas de Gabrielle, que tu connaîtras pourtant mieux que moi, sans doute. Elle est, si je puis dire, ma meilleure ennemie.*

*Je resterai en contact avec Vincent, mon meilleur ami. C'est un homosexuel, et j'espère que cela n'affectera jamais vos relations. Jamais, tu m'entends? On est tous différents, sur cette planète. Tous.*

*Ne l'oublie surtout pas, car je souhaite que vous deveniez bons amis, toi et lui. Je crois que j'en ferai ton parrain, il te protégera et fera un excellent moralisateur. Ne t'occupe pas des paroles blessantes, elles ont un double sens qu'il s'efforce de cacher. Vincent ne ferait pas de mal à une mouche, mais pour l'apprivoiser, il faut connaître le mode d'emploi. Souviens-toi que je l'adorais, et qu'il m'a énormément apporté. L'amitié n'a pas de prix.*

*Je t'aime, mon bébé.*

*Maman.*

### Subrepticement

Gabrielle pleurait à verse lorsqu'elle est entrée dans la maison. Des torrents de larmes, qu'elle laissait s'écouler sur le pas de la porte. Elle ne m'a pas dit pourquoi, et je n'ai pas cherché à savoir. Au fond, je savais. J'avais moi-même pleuré si souvent pour lui, pour l'amour qu'il ne savait pas rendre.

La pluie a creusé sur ses joues de longs sillons, des

corridors de tristesse. Elle s'ennuyait d'Alexis. Elle voulait, qui plus est, que je le devine. Et, en même temps, que je lui fiche la paix. Ainsi sont faites les femmes, toutes pleines de contradictions. Mais j'ai trouvé la solution.

Je l'ai amenée dans sa chambre à lui, à laquelle je n'ai pas touché depuis la dernière fois qu'il y a dormi. Intacte, close, il flotte encore là, quand on y entre, quelques traces de son odeur. Et c'est un peu comme si on le retrouvait, comme si on le serrait dans nos bras. Elle s'est assise sur son lit, en pleurant toujours. J'ai refermé la porte, et j'ai attendu qu'elle soit prête à redescendre. Moi, je ne pouvais rien faire d'autre.

Je ne bouge plus beaucoup. Cette fichue maladie gagne du terrain, je l'entends qui cogne à ma porte. Salope. Gabrielle me fait du bien avec sa douleur, parce qu'elle est humaine. Remplie de sentiments, de rancœur. Elle ne sait pas encore qu'elle va gagner. Je sais bien, pour ma part, que je vais perdre. Pas contre lui. Contre tout ce qui m'empêche de vivre.

Je me détériore, mais je parviens pourtant à sourire. Parce qu'il le faut, pour ne pas devenir un pitoyable cadavre vivotant. Je ne veux pas être Merveilleuse tout de suite.

Sors, bébé. Va-t'en de moi, je t'en prie. Hors de mon ventre, de mon corps qui se ratatine. Je vieillis à vue d'œil, et tu ne m'aimeras pas. Non, tu ne m'aimeras pas. Cours bien loin, va rejoindre Alexis qui ne m'a même pas dit où il était encore parti. Va lui dire que je l'aime, et que je ne peux pas être ta mère. Va le lui dire et, surtout, ne reviens pas.

Je ne veux pas qu'on me voie mourir.

# Octobre

*Repentir*

Cette histoire en est une où tout le monde meurt. Je ne fais pas exprès, c'est comme ça. Et si je fais le décompte, cela commence à faire beaucoup. J'en ai encore perdu un, aujourd'hui. Quelqu'un de familier, qui plus est. Quelqu'un que j'ai aimé de toute mon âme, à défaut de tout mon corps. Quelqu'un qui s'appelle Mathieu. Un autre malheur.

Mais non, pas vraiment. Ce que je viens de perdre, c'est au fond un tas de malheurs rassemblés en un seul. C'est le père biologique de mon enfant, celui qui l'a mis en moi. Drôle de hasard, puisque aujourd'hui je célèbre mon huitième mois de grossesse. Mais ça n'est peut-être pas tout à fait un hasard, tout compte fait. Je ne crois pas aux hasards, ils semblent toujours tellement planifiés...

Je n'ai pas pleuré, et je ne me sens que très légèrement coupable, une fois de plus. Pire, c'est avec un certain détachement que je vis ce nouveau drame. Peut-être parce que chaque matin, en me réveillant, je le sentais mourir au fond de moi. Qu'il soit vraiment mort ne fait en quelque sorte qu'alléger le poids qui pèse sur mes frêles épaules, puisque c'est un souci de moins que de le savoir en bonnes mains. Celles de Dieu, en espérant pour lui qu'il existe.

Étrange que tout ça me trotte dans la tête, alors que voilà quelques mois à peine, je l'envoyais au diable. Je n'arrive jamais à être aussi rancunière que je le devrais. Il méritait mieux que ce qu'il a eu comme vie, et s'il était devenu ce déchet public, c'est que quelqu'un d'autre le lui avait appris. Il me fait penser à cette chanson de Paul Piché, où le temps prend seulement celui de ne pas s'arrêter. Et où l'on raconte que les enfants ne sont pas vraiment méchants, qu'ils ne font que ce qu'on leur apprend.

J'avais deviné qu'il ne vivrait plus longtemps. Qu'il baisserait les armes avant de recueillir la pitié. Celle qui me guette, moi aussi. Cette maladie, c'est encore le seul point commun que je me trouve avec lui. Mais il l'ignorait, comme trop de ces choses que je n'ai pas su lui dire.

Mathieu, ce n'est pas comme mon père. Il m'a blessée aussi profondément, certes, mais l'impact qu'il a eu sur moi était à beaucoup plus court terme. Il aurait eu la vie pour se racheter, et il l'aurait peut-être fait s'il en avait seulement eu la possibilité. Rien n'est impossible. Mon père était à bout de souffle, il était déjà trop tard. J'ose espérer qu'il en était autrement de Mathieu.

*Petite Sarah,*
*Il est étrange de penser que c'est à la fois la première et la dernière lettre que je t'écris, mais tu me pardonneras, j'espère, de t'avoir choisie comme dernier témoin. Au fond, tu es celle qui, je pense, m'a le mieux compris et accepté. Comme j'étais.*
*Quand tu recevras cette lettre, je serai déjà en quelque part où plus rien ne pourra m'atteindre, pas plus le froid que ces insultes que j'ai pourtant bien méritées... Je serai déjà un cadavre en train de refroidir, parce que j'en aurai tout simplement décidé ainsi. On m'a dit que j'étais une pourriture, et « on » avait sans doute raison.*
*Je m'excuse, Sarah. Là d'où je viens, on ne m'avait pas appris à aimer. Aussi ne t'ai-je montré mon amour que de*

cette façon: en te faisant souffrir, comme si tu pouvais aimer cela. Je savais bien que j'étais malade, mais ça ne m'a jamais empêché de faire l'amour avec toi. Il ne me reste plus qu'à espérer que tu n'as pas attrapé cette saloperie de maladie, et que le bébé que tu portes est en parfaite santé.

Tu m'as donné un choc que je qualifierais d'existentiel, en m'apprenant ce jour-là que j'allais être père. Je ne m'y étais pas attendu, alors que je savais fort bien que les risques existaient. Mais tu sais bien que je me suis toujours défendu de laisser paraître ce que je pensais vraiment... Je m'en suis aperçu trop tard, j'aurais parfois voulu te dire tout ce qui me pesait sur le cœur. Cette nouvelle a accéléré le cheminement de l'idée qui s'était déjà insinuée en moi, jusqu'à me donner la force enfin de la réaliser. Tu penses peut-être que je suis lâche, mais c'est au contraire la plus grande preuve de courage que je pourrai jamais donner à l'Humanité.

On me retrouvera pendu au bout d'une corde, triste ironie du sort. Ironiquement, parce que j'ai passé ma vie pendu au bout d'une corde, sans être véritablement capable de mourir. Maintenant que personne ne peut plus rien pour moi, je choisis de laisser en paix ceux à qui j'ai tellement fait de mal. Toi la première, Sarah.

J'ai beaucoup pensé à notre enfant, ces derniers temps. Il aurait fini par me détester, comme tous ceux que j'ai mal aimés. Aussi je ne lui causerai pas cette souffrance, pour garder l'illusion qu'il parviendra peut-être à accepter que son père ait été un raté. Tu lui diras que je l'aime, même aujourd'hui quand il n'existe pas encore. Je ne veux pas qu'il devienne comme moi, bien que je sache qu'avec toi comme mère il ne risque rien. Tu seras merveilleuse comme maman, tu sais.

J'espère que tu sauras refaire ta vie pour le mieux, avec quelqu'un de bien à tes côtés. Tu le mérites, plus que n'importe qui...

Je vous lègue tout ce que j'ai, mes effets personnels. Prends ce que tu veux et jette le reste, au fond je suis conscient que rien de tout ça ne vaut grand-chose.

*J'ai fait un nombre considérable d'erreurs, dans ma courte existence. Malheureusement, une force incontrôlable m'a interdit de les réparer, aussi ne puis-je que te demander de me pardonner. Je veux que tu saches que tu es la seule que j'aie véritablement aimée, sans qui j'aurais été au moins mille fois plus malheureux. Passe la plus belle des vies, en oubliant que j'en ai fait un jour partie...*
*Je t'aime,*
*Mathieu Morency.*

### Adieux

Pour la première fois depuis le début du concert de funérailles, j'aimerais véritablement pleurer. Mais j'en suis incapable. Une énorme boule reste prise au fond de ma gorge, empêchant de ma part toute parole et tout geste. Je suis ici, mais j'aimerais tellement mieux être ailleurs.

Je ne fréquente généralement les églises qu'une fois par année : à Noël. Leur ferveur me donne froid dans le dos. Mon père, par bonheur, n'était pas croyant, et sans doute figurait-il sur son testament la volonté de ne pas passer par tout ce procédé religieux. Mais ça n'est pas seulement pour cela que je suis mal à l'aise. Je suis ici, à entendre chanter les louanges de Mathieu, alors que tout le monde savait déjà comment il était. Encore un qui est devenu Merveilleux.

Mais ils sont là qui sourient, comme si le suicide de Mathieu Morency était une bonne blague qu'ils se devaient de fêter. Ils sont tous aussi coupables que moi de ce qu'il est devenu, au fil des ans.

J'aperçois ses parents, en première rangée. Sa mère,

qui n'a même pas pris la peine de se mettre en noir, comme si son fils était pour elle mort depuis longtemps. C'est peut-être vrai, pourtant... Son père, cheveux hirsutes et l'œil vagabond, semble plutôt content de se débarrasser de cette triste affaire. Oui, c'est bien ainsi qu'on semble considérer le défunt : comme une triste affaire enfin terminée.

Quelques rangées seulement me séparent de Mitch, qui doit aujourd'hui porter le titre de « meilleur ami ». Que pense-t-il de tout ça, lui? Regrette-t-il tout ce qu'ils ont fait, ou en est-il fier? Il se tourne lentement, ayant, j'en suis sûre, senti un regard dans son dos. Le mien. Il m'observe de la tête aux pieds, puis brusquement se lève et s'avance vers moi. La cérémonie n'étant pas encore commencée, il me tient par le bras et m'amène dans un banc reculé de l'église.

— Sarah, je voulais te dire...
— Ne dis rien, ça vaudra encore mieux.

Mon interruption était autant dans mon propre intérêt que dans le sien. Le voir s'empêtrer, s'embourber dans de belles paroles ne servira qu'à ternir encore l'image que j'ai de lui.

Il pose ses yeux sur mon ventre, puis relève la tête vers moi.

— C'est de lui, n'est-ce pas? À moins que...

Je sens qu'il fait allusion à quelque chose dont je n'ai en ce moment pas du tout envie de parler, et je lui coupe, cette fois, plutôt vertement la parole.

— C'est de lui, en effet. Depuis huit mois.

Il reste sans rien dire pendant quelques secondes, semblant perdu dans de profondes réflexions.

— J'ai regretté ce que je t'ai fait, tu sais. Je sais que ça ne changera rien pour toi, mais moi, je sais que Mathieu t'aimait, jusqu'à un certain point. Il était comme moi, c'est pourquoi nous nous entendions si bien.

S'entendre bien? Mathieu ne s'entendait bien qu'avec lui-même, et encore. Mathieu ne s'entendait bien qu'avec ceux qui lui étaient utiles. L'amitié n'était pas un mot à ses yeux.

Mais, reprenant à peine son souffle, il poursuit sur sa lancée:

— Nous ne respections ni les règles ni les gens, et par sa mort je me rends compte des lois que j'ai violées. Je m'excuse du fond du cœur, Sarah.

Le regardant avec une certaine amertume, je songe qu'il est un peu tard pour venir demander ma bénédiction. Malheureusement, je suis incapable d'en vouloir à quelqu'un, pas même lorsqu'il m'a autant fait souffrir que Mitch.

— Si cela peut te faire plaisir, je crois sincèrement que tous les hommes ont quelque chose de bon, au fond d'eux. Si Mathieu était déjà perdu, tu peux au moins racheter tes propres erreurs et, qui sait, peut-être quelques-unes des siennes...

Il sourit, le premier sourire sincère depuis que je le connais. Et je remarque pour la première fois qu'il est presque beau, malgré sa dentition un peu trop avancée. Une beauté qui ne se trouve que dans le bleu électrique de ses yeux. Qui ont presque l'air artificiels, plantés au beau milieu d'un visage terne et sans attraits. Ils semblent me dire, dans un dernier appel au secours, qu'ils ont besoin d'une bouée de sauvetage avant de se noyer. Ils ne ressemblent en rien à ceux que j'ai autrefois affrontés, d'une cruauté telle qu'il m'était impossible de ne pas chercher à m'en détacher. Et son air asiatique qui lui donnait l'allure encore plus méchante me fait désormais penser à celui d'un petit enfant qui a peur, tapi dans un coin pour tenter d'oublier les déboires de son enfance. Il avait tout de même un peu raison. Lui et Mathieu sont de la même race.

Je le serre dans mes bras, avec toute la douceur dont je suis capable. J'aimerais lui parler de moi, le faire parler de lui et voir si nous n'avons pas quelques points communs, outre Mathieu. Mais je ne peux pas, ou plutôt je ne veux pas. Ce n'est d'ailleurs ni l'endroit ni le moment.

Je m'éloigne, pour masquer le désarroi dans lequel il me plonge. Les vitraux, par où entre une lumière qui me semble presque déplacée en ce jour de deuil, posent sur moi leurs regards de sainteté, tout en me faisant prendre conscience de la signification de ma présence en ce lieu. Marie, Joseph et le petit Jésus, tous trois figés dans une image de joie éternelle... Mathieu est-il plus heureux, là où il est?

Le prêtre arrive, précédant le cercueil que l'on transporte solennellement. Il n'a pas voulu être exposé, et de toute façon tout le monde a sans doute pensé que c'était mieux ainsi. Les marques sur son cou trahissaient par trop lourdement son écart de conduite, devant une société qui préférait se boucher les yeux plutôt que d'admettre l'acte qu'il avait posé.

Le service se déroule sans anicroche, non sans quelques reniflements discrets et bien placés. Le monde est peuplé d'hypocrites dont je fais moi-même partie. Mais moi je n'ai pas pleuré, contrairement à toutes ces filles qui brandissaient un mouchoir pour montrer leur fausse peine. À elles j'aurais voulu relever leur minijupe, juste pour voir leurs ecchymoses. Leur dernier souvenir de Mathieu, en quelque sorte. À quoi bon jouer la comédie, quand le spectacle est terminé?

Une autre question, plus douloureuse, m'a traversé l'esprit. Combien d'entre elles sont tombées enceintes de ce pauvre gars?

### Différence

*Mon petit poussin,*

*Ton père est mort, il y a six jours. Il s'est suicidé parce qu'il n'a pas entrevu d'autre solution, et peut-être aussi parce qu'il a toujours eu l'insolence d'adopter la première idée lui passant par la tête comme étant la meilleure. Je dis cela sur un ton neutre, parce qu'il y a longtemps que je lui ai pardonné.*

*Il m'a laissé une lettre, un peu étrange. Mais il ne pouvait pas savoir que j'allais mourir, moi aussi... Il m'a dit de te dire qu'il t'aimait, et d'autres jolies choses que tu liras toi-même un jour. Je te laisserai sa lettre ainsi qu'une photo de lui, pour que tu puisses au moins te faire une idée sur ce à quoi il a pu ressembler.*

*Je suis d'une pâleur à faire peur à un fantôme, et je m'ennuie horriblement d'Alexis. Mes souvenirs de lui s'estompent avec le temps, et je ne me rappelle plus avec précision les traits de son visage. Il en est toujours ainsi des gens qu'on a aimés et qui ne nous aiment plus : on voudrait les garder vivants dans notre cœur et ils n'y veulent même pas rester.*

*Tu achèves ce règne de prince que je t'ai offert gratuite-
ment dans mon luxueux ventre. Enfin, car je dois t'avouer
que j'ai un peu hâte de me sentir plus légère, et te tenir dans
mes bras.*

*J'entends Vincent qui ouvre la porte, probablement vient-
il prendre des nouvelles puisqu'il y a une éternité que je ne
l'ai vu. Je t'aime.*

C'est bien lui qui entre, sans mot dire. Le pas lourd.
Il le fait exprès. Il faudra être gentille avec lui. La
fréquence à laquelle nous nous voyions et celle à laquelle nous nous verrons maintenant sont vraisemblablement changées. Il s'est lassé de l'étau pris autour de
lui. Pas besoin d'être médium, pour deviner.

— Vincent, mon chéri. Tu ne viens pas embrasser
ton affreuse meilleure amie?
— Bonjour, Sarah.

La mine basse, l'orgueil à zéro, il me souffle à
l'oreille de me taire. Il ne veut pas m'entendre, pas en
parler. Ou presque pas. Du doigté, Sarah.

— François?
— Comment tu as deviné?
— Mon sixième sens...
— Tu ne l'aimais pas beaucoup, de toute façon.
— Je t'aime, toi, et ça me suffit.

Nous éclatons de rire, et cela fait baisser un tant soit
peu la pression qui règne. Vincent a compris que le sujet
était clos, et qu'il pouvait prendre une goulée d'air frais.

— Tu n'as pas honte d'être aussi grosse? Tu devrais
manger moins...
— Vincent!

— Comment va ton joueur de football?

— Lui se porte à merveille, chanceux. C'est sa mère qui en a plein le dos d'avoir l'impression de soulever trois fois son poids chaque fois qu'elle se lève.

Il sourit à cette remarque, et soudain le silence tombe dans le salon. Chacun à nos sombres pensées, il semblerait qu'on a suspendu le temps quelques instants. La froideur ambiante nous enveloppe de son manteau glacial, et c'est en frissonnant que je me lève pour aller monter le chauffage.

— Parle-moi de toi, Vincent...

Il prend une grande respiration, puis me jette un regard long et mouillé. Mais il détourne la tête, s'étant peut-être souvenu qu'il était un homme et qu'un homme, ça ne pleure pas.

— De toute façon, Sarah, tu pourrais difficilement comprendre. Je ne fais pas partie de la même société que toi. Je suis homosexuel.

Il m'a dit cela d'un ton ironique, presque méchant. Je me suis levée d'un bond, l'ai rejoint sur le divan sur lequel il s'est assis depuis quelques instants. Je lui ai pris les mains, en le regardant fixement.

— L'amour a donc une identité sexuelle. Pardonne-moi, je ne savais pas.

— Ce n'est pas ça. Deux personnes de sexes opposés agissent différemment de ceux qui partagent le même sexe, assurément.

— Et pourquoi, dis-moi? Un être humain n'est-il pas un être humain, au-delà des différences d'hormones? La souffrance est la même, les sentiments aussi.

Je le vois baisser la tête et j'ai envie de m'excuser, mais quelque chose me retient.

— Je lui ai fait de la peine, Sarah. Et cela m'en fait énormément, à moi aussi. J'ai envie de l'appeler, de lui dire que je me suis trompé. De tout recommencer en mieux, en vrai.

— Et cela est impossible.

Il pleure en silence, comme un Homme. Et il est absolument ravissant, ainsi. Je le prends tout doucement dans mes bras. Est-il possible que tous les hommes de la terre soient encore plus faibles que nous, race prétendue inférieure? Je souris doucement, tout de même contente d'avoir réussi à le faire réagir. Mais au fond, je me demande à qui s'adressait le plus ce sermon.

À lui. Ou à Alexis?

### Intrusion

Rien. Le néant. Un matin d'absolue tranquillité, un samedi matin. Derrière mes yeux, j'imagine ce que je peux. Ce que je veux. Pourquoi suis-je éveillée, de si bonne heure?

La clé. C'est bien une clé que j'ai entendue tourner dans la serrure. Et moi qui croyais que la paix existait. Que Vincent avait décidé de cuver seul sa peine d'amour. Que Gabrielle avait fichu le camp chez ses parents dans une quelconque contrée lointaine. À Chicoutimi, chez les Indiens. La paix n'existe pas, et le bon Dieu que j'ai prié hier non plus.

S'il faut que je choisisse entre les deux, je crois que je préfère encore Gabrielle. Elle au moins ne me tarabustera pas avec sa peine immonde. Mais la pesanteur des pas ne me rappelle pas la douceur de ma charmante amie. Ni de l'autre bougonneur, d'ailleurs.

Les pas se précisent, et je n'ouvre pas encore les yeux. Parce que la peur, l'angoisse viennent de me clouer là. Cette étreinte, ce poids qui vient de s'abattre sur moi n'est pas trompeur. Ce ne sont ni les pas de Gabrielle, et encore bien moins ceux de Vincent, ne leur en déplaise.

Les pieds qui sillonnent à cet instant la maison d'Angéline appartiennent à nul autre qu'Alexis.

La porte grince, et je fais profondément mine de dormir. Peine perdue. Un bout de dentelle que je sens se déplacer de la fenêtre de la chambre laisse s'immiscer un faisceau de lumière, tyrannise mes paupières. Comme s'il le faisait exprès.

Que fait-il ici? Pourquoi est-il venu m'emmerder jusqu'au tréfonds de ma grossesse, alors qu'il semblait bien loin de moi? Pourquoi l'amour ne s'en va-t-il pas de mon cœur, que je puisse enfin me rendormir? Autant de questions que je ferais mieux de lui poser, à lui.

La patience n'est pas la mère de mes vertus. Et le silence qui a envahi la pièce n'est pas pour me rassurer non plus. Je cligne des yeux, presque ébahie devant la lumière de ce matin d'automne, pour tenter de comprendre quel jeu il joue.

Il me regarde, tout simplement. Assis là, sur la

petite chaise, il fouille mon regard à la recherche de la moindre petite parcelle d'information. Et de quel droit? ai-je envie de lui demander.

— Alexis.

Le voir, si près de moi, me donne ce vertige que doivent éprouver les parachutistes avant de sauter. J'ai voulu enterrer l'amour, mais il était plus fort que moi.

— Salut, Petite Rose. Il me semble que tu as bien grossi, depuis la dernière fois.

Il n'y a plus trace de cette arrogance qu'il avait autrefois adoptée à mon égard. Pour se défendre de mes perpétuelles attaques. C'est lui qui m'attaque. Il sait comme je suis vulnérable, le matin.

Il s'approche, s'assoit sur le lit. Non, Alexis. Fous le camp, ne fais pas ça.

Il pose ses lèvres sur ma joue, remonte encore un peu. Un signal d'alarme me réveille alors tout à fait. Il est beaucoup trop près de ma bouche. Cela ressemble à un baiser. Je recule.

— Va faire mon petit déjeuner, si tu tiens tant à t'occuper.
— Je suis venu te dire que je t'aime, Sarah.
— Laisse tomber. C'est trop tard.

Sans lui laisser le temps de répondre, j'entre dans la douche et me savonne furieusement. Je savais bien qu'il n'en avait pas fini de m'achever. Et nous sommes seuls, qui plus est.

À ma sortie, il est assis dans le salon. Il ne bouge pas, statue de marbre qui attend qu'on l'admire.

— Pourquoi es-tu revenu?

— Parce que tu oubliais de m'écrire. Je suis venu chercher les étoiles qu'il manquait à notre firmament.

— Les étoiles se sont éteintes. Et moi aussi.

Nous n'avons rien dit d'autre. Cela aurait été, somme toute, plutôt inutile. Pour l'instant, du moins. Il a été chercher ses bagages, dans sa voiture, et s'est réinstallé comme si de rien n'était.

À lui aussi, j'ai oublié de parler de Gabrielle. Elle revient après-demain.

La routine qui reprend.

### Confidences

*Cher petit bébé,*

*J'aimerais t'apprendre, te mettre en garde contre ce qui fait le plus mal. Mais ce qui fait le plus mal, c'est malheureusement aussi ce qui fait le plus de bien. C'est l'amour, mon petit.*

*Ton père adoptif est arrivé un beau matin comme je te le dis; en véritable coup de vent. Beau comme un cœur, rayonnant comme le soleil et aussi plein de promesses qu'un politicien. Mais je n'ai pas eu la démence d'y croire, cette fois...*

*Je n'ai plus la force de l'aimer, malgré tout ce qui vit encore au fond de moi. Aimer, c'est inévitablement se casser le nez et se faire voler son âme, de toute façon. Quand il ne nous reste plus que notre cœur pour surmonter les épreuves que la vie nous envoie, n'est-il pas plus sage de l'enfermer à double tour et de ne plus laisser personne nous l'arracher jusqu'au dernier morceau?*

*Peut-être est-ce regrettable, et peut-être aussi n'est-ce pas là la bonne décision. Mais je le fais tout de même, pour ma survie et la tienne. Je me défendrai à présent de l'embrasser, de le toucher et même de le regarder. Les yeux sont la pire des trahisons, car ils ne mentent jamais.*

*Tu lui diras, un jour, que je l'aurai aimé jusqu'à mon dernier souffle. C'est très important qu'il le sache, parce que moi, je ne le lui dirai jamais. Faute de courage, c'est à toi que j'assigne cette tâche ingrate. Il m'en voudra certainement de n'avoir pas su affronter tout cela, mais je le fais en toute bonne conscience, car la raison que j'ai me semble plus que suffisante.*

*Je voudrais, à la manière des films qui finissent toujours au moment où les deux amoureux s'en vont main dans la main tout en s'embrassant, que notre histoire reste fixée à jamais à l'instant où tout filait le parfait bonheur, entre nous deux.*

*Je souhaite sincèrement que tu connaisses pareils sentiments pour quelqu'un, un jour. Mais apprends de mes erreurs et ne fais pas les mêmes, je t'en prie...*

### Retrouvailles

Gabrielle a poussé la porte en chantonnant, apportant avec elle une « gastronomie » qui sentait délicieusement bon. Et elle a mis mon air morose sur le compte de la solitude de ma fin de semaine.

Alexis était sorti je ne sais où, en ville, je crois. Il l'a succédé de près.

Décrire l'instant de leurs retrouvailles serait sans doute merveilleux. Deux regards qui s'accrochent, hébétés. Deux paires de bras qui s'enlacent, qui effacent le temps. Deux vies qui se soudent là, sous mes yeux. Je n'ai d'ailleurs rien dit. J'ai, mine de rien, défait les paquets que Gabrielle avait oubliés.

En surface je paraissais froide, bien plus maîtresse de moi-même que lorsqu'il est tombé amoureux de moi. Dommage qu'il ait préféré d'autres cieux au nid douillet que nous avions bâti ensemble... Ne reste de ce temps-là que mon ventre, qu'il m'a un jour convaincue de laisser grossir. S'il m'avait écrit, où plutôt s'il ne m'avait pas simplement écrit ce qu'il m'a écrit, tout serait sûrement différent aujourd'hui. Et si je n'étais pas malade, il n'y aurait pas non plus cette terrible réticence à approcher qui que ce soit.

Alexis m'a décoché un regard en coin, comme pour avoir mon approbation. J'ai fait semblant de ne pas comprendre. Ils ont passé le reste de la journée à rire, à s'étonner du hasard qui les réunissait enfin. En fait de hasard, il est plutôt étrangement planifié, oui. Et par moi, encore. Masochiste jusqu'au bout.

Plus tard, nous avons soupé. Gabrielle était radieuse comme un soleil de juillet. Je me brisais doucement, sous leurs yeux amoureux. Leur printemps faisait fondre la banquise où j'étais soudée, et je me détachais, songeant à l'héroïsme qui jamais ne serait récompensé. Ma coupe de vin se vidait bien trop vite, mais ils n'en avaient cure, trop occupés qu'ils étaient à se redécouvrir.

Plus tard encore, Gabrielle est partie. Elle m'a seulement dit merci. Elle savait, elle.

En me couchant, j'ai entendu le bruit de ses pas qui

le menaient jusque dans sa chambre, et aussi l'hésitation qu'il a semblé avoir devant ma porte. Oh! rien de frappant, seulement une pause, comme s'il se demandait quoi faire. Et à nouveau le silence, qui envahissait la grande demeure. Un silence pesant, angoissant, qui m'étreignait le cœur comme s'il allait se passer quelque chose.

Pourtant, il était supposé être heureux. C'était à moi d'être triste. Mais, plus forts que moi, les battements de mon cœur m'indiquaient qu'au fond du corridor, précisément dans la chambre d'Alexis, quelque chose de terrible était en train de se passer.

J'ai enfilé en vitesse une robe de chambre, puis me suis dirigée lentement jusqu'à lui. Je suis entrée dans la chambre et l'ai découvert à genou sur le tapis, pleurant toutes les larmes de son corps et tenant entre ses mains un couteau.

Il avait du sang plein les doigts, et malgré ma peur panique j'ai eu le réflexe de lui enlever l'objet du crime qu'il allait commettre. J'ai ramené des serviettes, lui ai fait un pansement du mieux que je pouvais. Et je l'ai pris dans mes bras, l'ai consolé comme il l'avait déjà fait pour moi. Mais consolé de quoi, je n'en avais aucune d'idée.

Tout s'est déroulé si vite que je n'ai eu que vaguement conscience de ce qui se passait. Maintenant je tremblais de tout mon être à la seule idée d'avoir failli le perdre, et mes muscles étaient si tendus qu'il m'était impossible de m'asseoir.

— Pourquoi, Alexis, pourquoi! ai-je enfin crié de toutes mes forces en me fichant bien des voisins qui à cette heure devaient pourtant être au lit depuis long-temps.

Il a haussé les épaules, d'un geste las. Je me suis approchée de lui, et j'ai remarqué pour la première fois qu'il empestait l'alcool. Je ne m'étais pas aperçue qu'il avait voulu se saouler, lui aussi. Il m'a alors demandé, d'une toute petite voix, de ne rien dire de tout ça à Gabrielle.

De fait, il s'est endormi dans mes bras et nous sommes restés ainsi toute la nuit, réchauffés mutuelle-ment par la chaleur de l'autre. Je crois qu'il avait de la peine à cause de moi.

### Échappatoire

Il ne faisait pas encore tout à fait jour lorsque je me suis réveillée. Mais même dans la quasi-noirceur, je pouvais aisément deviner la beauté de celui qui dormait dans mes bras. Un beau film que cette comédie.

J'aurais bien voulu rester là, tout au chaud, mais mon bébé m'a fait sentir qu'il n'était pas en position confortable, là-dessous. D'ailleurs, je crois qu'il n'est plus confortable où qu'il soit, désormais. Je suis énorme, et je trimbale ce qui me semble être un éléphant.

Dans la cuisine, je me suis préparé un bon petit déjeuner. Je suis allée mettre la trame sonore du film *La leçon de piano*, pour sentir le calme s'installer dans mon ventre.

La fatigue laisse sous mes yeux de larges cernes violacés. Chaque jour, je délaisse une partie de moi.

Chaque jour, je suis un peu plus condamnée. Le sida n'est sans doute plus très loin, maintenant.

Un ronflement régulier me parvient de la chambre d'Alexis. Dors, cher ange. Ce sera encore mieux que d'être triste par ma faute, moi qui veux pourtant ton bonheur. Rêve de Gabrielle et oublie ma méchanceté, ma féroce rage d'indépendance. Oublie-moi. Oublie hier et les autres jours, et ne fais pas semblant de mourir. On meurt toujours trop vite.

Il est entré dans la cuisine l'air penaud, les cheveux en broussaille. Et moi, je n'ai pas fait de commentaire. Parce que je n'en ai pas vu l'utilité, à l'éloquence de son geste. Tentative de suicide. Entre lui et moi, c'est encore bien assez. Je n'en demandais pas tant.

— Sarah.
— Non, Alexis.
— Comme d'habitude, quoi. On ne parlera de rien pour ne pas faire mal à la douleur.
— Exactement.

Il pousse un grand soupir, mais je sens qu'il est plus gêné que fâché. La sonnerie du téléphone nous fournit une bonne échappatoire, et je devine au ton de sa voix de qui il s'agit. Gaby, Gaby chérie. Au même moment, quelqu'un cogne à la porte.

— Vincent! Entre.

La principale lacune de l'amitié, c'est lorsque l'autre devine malgré nous. C'est lorsque, sans piper mot, il prend le contrôle de la situation sans qu'on lui en donne l'autorisation. On voudrait faire comme si, comme si quoi. Vincent a lu le désarroi sur mon visage.

Il a observé Alexis du coin de l'œil tout le temps de sa conversation téléphonique, alors que celui-ci riait aux éclats. En faisant les présentations, j'ai senti que je leur faisais passer un test. Quelle intelligence, ma foi! Alexis a compris qu'il lui fallait s'effacer, mais que Vincent ne représentait pas une menace. Et Vincent a simplement souri, comme si cela suffisait à convaincre l'autre du bien-fondé de sa présence en ces lieux. Mais au fond, je le savais déjà tombé sous le charme du charmant charmeur.

Alexis a filé dans sa chambre, me laissant seule avec Vincent. Je lui ai offert un café, qu'il a accepté volontiers en attendant patiemment des explications que je tardais à lui fournir. Nous avons échangé de pures banalités, jusqu'à ce qu'Alexis se pointe à nouveau dans la cuisine; cette fois rasé, habillé et prêt à sortir.

— Je vais chez Gabrielle, a-t-il donné comme seule réponse à ma question muette.

J'ai hoché la tête en signe d'assentiment, et l'ai tristement regardé partir. J'avais peur qu'il soit allé chercher du réconfort dans d'autres bras, alors que ça n'était que justice. Gabrielle n'est pas qu'une jolie fille à mes yeux. Elle est aussi, et surtout, ma meilleure amie.

Lorsqu'il a refermé la porte, je me suis aperçue que Vincent me fixait très attentivement.

— Alors c'est lui, le salopard qui a fichu le camp.
— Oui, ai-je à voix basse murmuré.
— Tu avais raison, c'est un très beau garçon.

J'ai levé la tête, surprise de cette réflexion. J'ai parfois tendance à oublier que Vincent est homosexuel, et le fait qu'il puisse trouver Alexis beau me fait presque peur.

— Il n'avait pas l'air très bien, je crois.
— Non, en effet. Nous avons passé une effroyable nuit.

Je lui ai relaté brièvement les événements de la veille, et lui ai expliqué quand il est arrivé et pourquoi.

— Tu bouillonnes, ma pauvre chérie. Mais pourtant c'est bien ce que tu voulais, qu'il revienne.

J'aurais voulu mentir. J'aurais voulu me défiler, lui demander de me ficher la paix.

— Je l'aime. C'est bête, c'est complètement idiot, mais c'est ainsi. L'erreur, elle date d'il y a longtemps. On ne se refait pas un bonheur sur les ruines d'un autre. Et puis je suis malade, Vincent. Séropositive. Tu m'écoutes?
— Non. Tu déblatères pour gagner du temps.
— Va te faire voir.

Il a souri vaguement, puis installé solidement son regard dans le mien.

— Et tu parles de moi, Sarah Lévesque? Sans blague... Nous avons le même orgueil, qui nous empêchera toujours d'aller jusqu'au bout de nos rêves. On n'y peut rien.

C'est Freud qui avait tort. L'homme, s'il est trop souvent gouverné par ses pulsions, arrive pourtant tout aussi bien à laisser sa raison prendre le dessus. Avec un peu de bonne volonté, on arrive à tout.

Je ne réponds pas, mais le silence est éloquent : il a raison.

### Supplications

Je ne suis qu'une terrible nostalgique. Dehors, le vent froid fait tourbillonner les premiers flocons qui atterrissent sur le sol dans ce qui me paraît être comme un enchantement. J'adore la première neige. Celle qui n'est pas encore souillée par le calcium, les traces de pneus ou de pas. Celle qui est d'une blancheur immaculée et qui fait naître un sourire sur les lèvres, ou celle qui fait rosir les joues des enfants. J'espère que le mien aimera la neige...

Une main sur mon épaule m'a fait sursauter, tout en me faisant prendre conscience qu'il y avait un moment déjà que j'étais à la fenêtre, captivée par le spectacle naturel qui se déroulait sous mes yeux.

— C'est superbe, dehors...

L'instant est gâché par la myriade de sentiments que ces simples paroles déclenchent en moi. Mon attention était reportée sur sa présence, qui me troublait au plus haut point. Je lui ai simplement fait un signe de tête, attendant de voir ce qu'il me voulait.

— Est-ce qu'on pourrait parler, Sarah ? Je t'en prie.
— Je n'ai pas grand-chose à dire, moi, lui ai-je répondu d'un ton presque sans réplique.

J'essayais d'entamer sa patience, que je lui savais ne pas posséder en surdose. Mais il restait d'un calme énervant, ne tenant même pas compte de ma remarque. Il s'est assis juste en face de moi, sur son fauteuil préféré. Nerveusement, je tripotais la chaîne qu'il m'avait offerte il y a longtemps. Je ne m'en suis jamais séparée, et je voyais que ce détail n'échappait pas à ses yeux.

— En fait, c'est moi qui veux te parler. Voilà trop longtemps que je garde cela en dedans de moi, et je sais qu'un jour, ça finira par me tuer à petit feu.

Je restais silencieuse, cherchant à dissimuler ma surprise de l'entendre parler de cette façon.

— C'est sans doute toi qui avais raison, somme toute. Je ne suis pas l'homme merveilleux que tu espérais. Je ne suis même pas un gars correct, de qui tu aurais fini par te lasser. Je suis un rêveur qui n'a pas su voir le plus important.

Je regardais à nouveau la neige tomber, sans grand intérêt cette fois.

— La première fois que je t'ai vue, tu étais malheureuse comme les pierres. Je lisais au fond de toi un malheur mystérieux, qui avait pour nom Mathieu. Le bouquet de roses, tu te souviens?

— C'était notre première rencontre, Alexis.

Baissant la tête, il continuait son histoire.

— Je t'ai aimée dès le premier instant, parce que tu me ressemblais. Tu ne voulais pas parler de toi, mais il était écrit sur ton visage que tu avais terriblement souffert. Comme moi. Seulement, j'ai peut-être été un meilleur acteur puisque tu ne l'as jamais su...

Je fixais sur lui une lueur interrogatrice, qui allait jusqu'à l'arrêter de parler.

— Tu tournes autour du pot, Alexis. Ça ne te ressemble pas.
— Tu vas me détester.
— Raconte, je verrai après.

Il a inspiré, puis s'est enfin jeté à l'eau.

— Quand j'étais petit, je jouais à ressembler à mon père. Moi aussi, je voulais être soldat pour tuer les méchants. J'étais persuadé que mon père était du côté des bons, il va sans dire. Maman disait toujours que cela ne servait à rien de se battre. Et moi, je disais que mon père était le meilleur. Elle savait mieux que moi ce qui se passerait.

Sa voix tremblait, et je me faisais plus attentive, tout à coup.

— Un jour, elle a reçu une lettre. Elle l'attendait, cette lettre, depuis toujours en quelque sorte. Papa était mort. Elle m'a regardé, ce jour-là, et m'a dit que je devais comprendre, maintenant. Personne n'est bon ou méchant au jeu de la guerre. Ceux qui meurent le font simplement pour qu'il y ait un gagnant.

Le visage d'Alexis a pris un rictus cruel, comme s'il revivait le moment.

— À son enterrement, je n'ai pas pleuré. Il y avait trop de rage, au fond de moi, contre cet homme qui avait abandonné maman. Et j'ai juré, à compter de ce jour, de venger cette femme qui avait passé sa vie à attendre qu'il meure. Et je me suis occupé d'elle comme jamais personne n'aurait pu le faire. Nous sommes allés rejoindre Angéline, qui a pris en main mon éducation. Mais maman, frêle créature aux yeux de pluie, se laissait mourir peu à peu devant nous. Angéline n'y pouvait rien, ni moi non plus. Tout de même, je me sentais coupable.

Évitant à présent de me regarder, à son tour il semblait s'intéresser à la neige qui tombait.

— Je t'ai rencontrée, et je me suis dit que le monde n'était alors pas si cruel. Tu étais un ange qui ne voulait de mal à personne, un ange que l'on faisait inutilement souffrir. J'ai vu, dans tes yeux, le mal que te faisait subir Mathieu. Je n'en parlais pas, pour ne pas t'humilier. Mais la souffrance sur ton corps se reflétait jusque dans ton regard, et j'avais envie d'y mettre fin. Encore une fois, je voulais sauver quelqu'un. Seulement toi, tu ne l'entendais pas de cette façon. Toi, tu voulais aussi t'occuper de moi. Et je ne pouvais pas accepter cela. Angéline morte, je ne voulais pas de ta pitié. Valait mieux larguer les amarres, comme tu disais.

Cette fois, il me fixait droit dans les yeux.

— J'ai fait transférer maman dans cet hôpital, parce que son état nécessitait de plus grands soins que ce que j'étais capable de fournir. Et je suis parti à Chicoutimi, endroit où mon père m'avait emmené quand j'étais tout petit. Je suis allé voir mon oncle, qui m'a offert un petit boulot dans une quincaillerie. Là-bas, j'ai rencontré une fille formidable qui me faisait beaucoup penser à toi. Elle demeurait, elle aussi, à Montréal, et avait de la parenté dans le coin. Nous avons passé ensemble de très beaux moments, même si elle n'était pas toi. Puis, je suis revenu. Pour maman, d'abord, et pour toi.

Une larme roulait sur ma joue, mais le sanglot qui bloquait ma gorge empêchait le torrent qui aurait tant voulu sortir.

— Voilà donc le morceau qu'il me manquait pour comprendre enfin cette histoire. Je me demandais à quel moment intervenait Gabrielle. Maintenant, je sais.
— Tu savais, donc.

Il m'était étrange, désormais, de penser à elle. J'avais voulu devenir son amie, c'était ma faute. Et je l'adorais encore beaucoup trop pour lui en vouloir un tant soit peu.

— J'ai trouvé une lettre d'elle un jour, entre le matelas et le sommier.

Je savais tout. Ça ne changeait rien, mais je savais tout. Je m'étais déjà arrangée pour tout savoir. Alexis continuait de parler, et sans doute cela lui faisait-il du bien de m'exposer ainsi son âme.

— J'ai voulu mourir, l'autre nuit, parce que je ne m'apercevais que trop de ta conduite envers moi, que je méritais certes mais que j'aurais pu éviter. Tu ne m'aimes plus, et moi, je t'aime plus que je ne pourrai jamais te le dire. Pas seulement pour le bébé que tu portes, comme tu sembles le croire...

Comme c'était drôle, qu'il dise cela. Comme c'était étrange qu'il parle de ses talents d'acteur, alors que j'avais apparemment réussi à lui faire croire que je ne l'aimais plus. La décision m'appartenait. Lui dire la vérité, ou la taire à jamais.

Les souvenirs en moi se bousculaient, me faisaient

passer par toute la gamme des sentiments. Un baiser, là, me rappelait son odeur, ces jeux qu'on inventait juste pour le plaisir, juste parce qu'on s'aimait... Un sourire, ailleurs, me faisait songer à cette tendre complicité que l'on partageait dans tout ce qu'on faisait...

— Je ne te déteste pas, tu vois. Seulement, je constate que j'avais raison. Te céder aurait été une erreur.

Il me regardait, l'œil hagard et l'air perdu dans ses souffrances.

— Encore l'orgueil, pas vrai? Celui qui te gouvernera toujours, quoi que je tente. L'autre Sarah est morte et enterrée, je crois.
— L'autre Sarah?
— Celle qui croyait encore à l'amour.
— Elle a cru à l'amour bien avant que tu n'arrives. Elle n'y croyait déjà plus quand tu t'es proclamé Roi.
— Tu ne m'as pas aimé, un peu?

La vérité. Ce serait le moment de la lui dire, et d'en être libérée. Angéline disait que je ne serais heureuse qu'avec lui.

— Il n'y a pas de réponse à cette question. Le temps dont je dispose m'est beaucoup trop précieux pour que j'accepte de le perdre en pareilles futilités. Et je ne peux plus me permettre d'être heureuse pour ne plus l'être ensuite, tu comprends? Je ne joue plus, Alexis. Désolée. Mon amour ne te servirait à rien. De fait, je préfère encore le garder pour moi.

Furieux, il se mit presque à hurler après moi.

— Tu te condamnes, Sarah! Et moi, je t'aime, pendant ce temps. Comme un fou, comme un chien qui court après sa queue. Je t'aime!

Puis, d'un geste désespéré, il a baissé les bras et s'est radouci.

— Peux-tu simplement me dire que tu ne m'aimes plus, alors?

C'était un peu difficile, comme question. Je ne lui devais pas vraiment la vérité, mais je n'avais pas vraiment envie de lui raconter un autre mensonge.

— Je ne peux pas simplement te dire que je ne t'aime plus, parce que ça serait définitif et aussi parce que tu aurais bien du mal à me croire. Mais je ne peux pas non plus te dire que je t'aime encore, parce qu'il y aurait dans mes propos de l'égoïsme pur et simple. Je ne t'aime plus assez, je pense.

Faisant fi de ce que je venais de dire, il s'est approché de moi et m'a doucement embrassée sur les lèvres. Un grand chambardement s'est produit en moi, en m'apercevant que la chimie entre nous existait toujours et qu'il était merveilleux d'être à nouveau entre ses bras. Je l'ai embrassé à mon tour, désirant sentir contre moi son corps chaleureux et plein de tendresse.

Il m'a prise dans ses bras et m'a amenée dans sa chambre, me murmurant à l'oreille qu'il y avait longtemps qu'il rêvait de ce moment.

Le plus naturellement du monde, nous avons fait l'amour et détruit du même coup la barrière que j'avais érigée. Du moment, je m'en fichais complètement. La terre pouvait s'écrouler, je n'en avais cure. La seule chose à laquelle j'ai pensé, c'est de lui demander de mettre un condom. Le seul lien qui me rattachait encore au monde réel. Au creux de son épaule, je me suis endormie. Complètement épuisée, mais heureuse pour une fois.

## Regrets

Je me suis réveillée la première, au petit matin, penaude. En prenant garde de ne pas faire fuir son sommeil, je me suis levée et me suis habillée rapidement. J'avais besoin de penser, loin de lui et de ma douleur. J'avais mal au dos, et une certaine envie de crier au monde entier ce dégoût de ma personne. Je lui ai laissé un petit mot, honteusement.

*Alexis,*
*Merci pour ce qu'il conviendra maintenant d'appeler notre dernière nuit. Elle fut merveilleuse, et m'a rappelé ce temps où nous étions les plus forts du monde. Mais c'est du passé, tout ça, et je regrette de t'avoir cédé hier. J'ai eu tort, je m'en excuse du fond du cœur. Rien ne ressemblera jamais à ce qui a déjà été, car mes sentiments ont changé et ma façon de voir les choses aussi. Je veux que tu restes pour le bébé, qui naîtra vraisemblablement sous peu. Le reste n'existe pas. L'amour est une notion encore trop nébuleuse pour qu'on puisse la définir parfaitement, et ta façon de m'aimer ressemble de toute manière beaucoup plus, à mon sens, à de la simple attirance physique. Laisse Gabrielle te rendre heureux. Moi, j'en serai incapable.*
*Petite Rose.*

La vérité. Elle s'avérait d'autant plus impossible, désormais, que ce fossé qui s'étendait déjà entre nous venait de prendre la forme d'un ravin. Je pensais, pourtant, être forte. Mais c'était sans compter les sentiments, qui resurgissent alors que l'on croit être à l'abri.

Je n'ai pas marché longtemps, par la difficulté que j'avais à me déplacer. Mes pas se sont arrêtés devant un banc au bord de l'eau, sur lequel je me suis assise pour songer. Songer au temps qui passe et à tout ce qui m'a menée jusqu'ici.

Dans quelques jours à peine, je verrai enfin ce bébé qui m'a poussée à toujours continuer. Ce bout de cul qui vivote dans mon utérus deviendra une réalité à laquelle je ne pourrai pas échapper. Du même coup, ma relation avec Alexis aura pris un nouveau virage. Il sera son père.

J'ai marché jusque chez moi avec la peur au ventre, et la sensation d'être traquée. Que vais-je faire d'un enfant, à dix-huit ans? Comment ont-elles fait, celles qui y sont passées avant moi? Je n'ai pas pensé à le demander. Je croyais pouvoir répondre seule à mes questions.

Maintenant, je me rendais compte que ma solitude et mon inexpérience joueraient pour beaucoup dans l'histoire future. Car ça n'était pas seulement ma vie que je jouais. C'était aussi celle de mon enfant.

Advienne que pourra, me suis-je dit pour me consoler. Je ne pouvais pas m'attarder aux détails, j'avais mille autres choses à prévoir.

Je suis entrée dans la maison, pleine d'une appréhension soudaine et d'une angoisse paranoïaque. Des rires parvenaient jusqu'à moi, et en m'avançant la tête dans le salon je me suis surprise à constater qu'ils appartenaient à Alexis et à Vincent. Ils étaient en train de regarder de vieux dessins animés à la télévision, et plaisantaient comme deux grands copains autour d'une bière froide.

La panique a fait place à la tristesse, et j'ai filé directement dans ma chambre.

*Mon petit poussin,*
*Cette lettre est probablement la dernière que je t'écris alors que tu n'existes pas encore. Elle est importante pour moi, puisque la prochaine datera sans doute d'une autre époque.*
*Alexis et Vincent s'amusent mieux que moi. Mais c'est tant mieux s'ils sont devenus amis, car au fond cela sera mieux pour toi. Seulement, je déteste cette sensation de laissée-pour-compte. Autrefois, il n'y a pas si longtemps il me semble, j'étais leur centre d'intérêt. Leur bébé. Leur maman. Leur amie. J'étais tout à la fois, et je ne suis plus rien.*
*J'aurais dû faire preuve d'un peu plus de discernement, hier. Je n'aurais pas dû accorder cette dernière baise à Alexis. Pas même pour lui dire adieu.*
*N'essaie pas de comprendre, mon bébé. C'est un caprice de femme orgueilleuse qui me souffle à l'oreille que je n'ai plus le droit de l'aimer...*
*Tu me fais mal, seigneur. Je vais aller me coucher, je n'en peux plus.*

La passivité des regards d'Alexis me donnait à elle seule envie de ne plus être là. Le reste relevait de la pure banalité.

Je me suis levée, hier matin, en entendant des bruits traverser la porte de la chambre de ce dernier. Moi aussi, j'aurais voulu faire du bruit. Un grand tapage, pour me calmer tout à fait. Mais c'était encore plus impossible que tout le reste, parce que j'étais condamnée ici, avec le poids de l'imminence de mon accouchement et celui de ma maladie qui me laissait trop faible encore pour me débattre. D'ailleurs, je me demande quel bruit aurait seulement attiré leur attention. Leurs ébats n'avaient sans doute pas envie de m'entendre, eux. Et je ne savais pas au juste quel était le bruit d'une rose qui se fane.

Gabrielle m'a tout de même demandé si elle pouvait définitivement s'installer ici. Elle savait l'ancienneté de notre histoire, mais ne pouvait s'empêcher de vérifier. J'ai été gentille. Et, même, sincère. Pour elle, cela ne me dérangeait pas trop de taire la pagaille au fond de moi. Pour elle, je pouvais me faire petite et lui laisser toute la place. Pour elle, et pour moi. Je ne voulais surtout pas, au fond, d'autre remplaçante. Après tout, je l'avais choisie.

Vincent aussi s'incrustait. Il était de plus en plus souvent en ces lieux, et discutait politique et avenir avec Alexis. Lui croyait sans doute qu'il venait pour moi. Qu'il était amoureux de moi. Et je ne pouvais pas vraiment en vouloir à Vincent de lui cacher son homosexualité. Alexis ne l'aurait, nous le savions tous les deux, jamais acceptée. Tous les trois, même, puisque Gabrielle était loin d'être dupe.

L'amour, en ces lieux, nous reliait tous plus ou moins. Avec Alexis. Mais lui, volage, ne nous livrait jamais le contenu de son cœur. Il se contentait de baiser Gabrielle, jouer à l'amitié avec Vincent et s'enquérir de mon ventre. Pour oublier la nuit.

Ils s'occupaient tour à tour de moi, mais plus comme d'une amie. J'étais devenue, en quelque sorte, une poupée de porcelaine. On me maternait, on me pouponnait, on me langeait comme si je n'étais plus qu'une vieille peau. Peut-être au fond avait-on surtout hâte que j'en finisse.

La naissance de mon enfant les éloignerait bien sûr de moi. Malade, je deviendrais vite inapte à m'occuper de lui. Et plus mon état se dégraderait, et moins j'aurais le droit de le voir. C'était la loi, déjà établie. Sans être d'accord, je n'avais d'autre choix que de l'accepter.

### Proximité

J'ai moi-même fait ma valise pour l'hôpital. L'avant-goût que j'ai eu des contractions m'a laissée présager que je n'en avais plus pour longtemps. Dedans, j'ai mis une foule de petites choses dont mon bébé aura besoin. Pour moi, à peine un pyjama. Et je me suis rendu compte que je pensais déjà beaucoup plus à lui qu'à moi.

Chaque matin ajoute une souffrance à mon décompte. Je marche vers la mort d'un pas trop incertain, parce que je sens que je suis bien trop jeune pour mourir. J'aurais voulu connaître la vieillesse et ses méandres, pour pouvoir enseigner aux plus jeunes la sagesse. Je n'aurai jamais le temps d'être sage.

Alexis s'affole peu à peu, et reste près de moi pour ne rien manquer. Il a peur de ne pas y être. Moi, j'ai encore plus peur que lui. Le médecin m'a dit que mon système immunitaire réagissait tant bien que mal à ma grossesse. La dépense énergétique qu'elle a entraînée a accéléré le processus d'avancement de ma maladie. Mais il a dit qu'il y avait un brin d'espoir chez les chercheurs. Il ne devrait pas me dire cela.

À l'hôpital, j'ai été en voir d'autres à qui je ressemblerais. Des hommes, des femmes qui comme moi étaient privés du plus beau de leur vie. Et leur courage, leur sourire m'ont fait au cœur comme une grosse caresse. J'ai parlé avec eux, et m'en suis malgré moi fait des amis. Ce fut là une épreuve insoutenable.

Vincent ne bouge plus d'ici non plus. Et pas seulement à cause de moi. Gabrielle voit bien tout ce manège, mais comme les autres, comme moi, elle ne dit mot. L'hypocrisie a fait son nid dans la maison.

Je n'ai plus la force de penser. Penser me fait mal. Bouger me fait mal. Sourire me fait mal. Aimer me fait mal. Vivre me fait mal. Rien ne me fait du bien.

### Accomplissement

J'ai perdu mes eaux, à quatre heures trente ce matin. Une flaque entre mes jambes, puis les contractions. C'est ce qui est le plus douloureux, les contractions. Elles te prennent et empêchent tout le reste. J'ai crié, mais il m'a semblé que mon cri ne se rendrait jamais et que j'allais mourir là, pendouillante. J'ai vu, au travers d'une brume épaisse, Alexis et Vincent se précipiter sur moi. J'ai simplement dit : « Ça y est, je crois... »

Mes contractions ont été patiemment minutées par Vincent, puisque Alexis était incapable de se calmer. Entre deux douleurs, je riais de lui tout doucement. Gabrielle lâchait ma main pour prendre la sienne, charmant tableau d'une famille unie. Mais c'est moi qui allais accoucher, après tout.

Ils m'ont rapidement amenée à l'hôpital, et de là j'ai

été prise en charge par des infirmières qui m'ont transportée jusqu'à une petite chambre où on étouffait. Il y avait maintenant deux heures que j'étais ici. Mes contractions se rapprochaient; elles en étaient désormais aux dix minutes.

Une infirmière est entrée, jugeant le moment venu de prendre place pour l'accouchement. Elle m'a installée gentiment, m'a parlé d'une voix douce et chaude. Puis, soudain, elle m'a regardée, s'est arrêtée devant moi.

— J'ai, mademoiselle, une question à vous poser.

J'avais du mal à parler. J'avais du mal tout court.

— Oui...
— Devant eux?
— Je n'ai... pas de secret pour eux.
— Alors puis-je savoir qui est le père?

J'avais envie de lui répondre que ni l'un ni l'autre n'était le géniteur de cet enfant à naître, ou les deux. C'était au choix. Mais puisque Alexis avait tenu sa promesse d'arriver à temps pour s'occuper de moi, mon tour venait maintenant de tenir la mienne, et de le proclamer papa.

— C'est lui, ce grand blond aux yeux verts.
— Désirez-vous qu'il assiste à l'accouchement?
— Oui.

J'aurais aimé que Vincent et Gabrielle y soient aussi. Malheureusement, il ne fallait pas encombrer le travail des spécialistes.

Une contraction m'a reprise pendant que j'achevais de parler, et j'ai su cette fois que c'était la fin.

Tout s'est passé trop vite, et j'ai un peu perdu la notion du temps. Pourtant, parfois, j'avais l'impression qu'il y avait une éternité que j'étais là à hurler, hurler... Trop mal, je voulais mourir. J'ai gueulé à tout hasard que je n'en pouvais plus, que je voulais tant que ça finisse. Puis, des heures plus tard, je fus enfin exaucée. À dix heures trente-trois minutes, en ce matin d'octobre où le temps s'était même adouci, un vagissement strident a retenti à travers la petite chambre.

Plus tard, ils m'ont dit que ça avait été très pénible. J'avais bien failli y laisser ma peau. Alexis a dit que je m'étais bien battue. Encore une fois.

C'était mon bébé, mon bébé à moi... On l'a lavé, et Alexis s'est approché de moi en le tenant tendrement dans ses bras. Il n'a rien dit, mais il pleurait de joie. Qu'il ne soit pas son père biologique ne changeait rien : jamais enfant n'aurait eu meilleur père, j'en étais certaine. Il a levé la tête et m'a fait un sourire fabuleux.

— Tiens, Petite Rose. C'est un garçon. Un magnifique petit garçon.

Sa voix se brisait, et la mienne tremblait. Une si petite chose, et voilà que c'était parti pour la vie. Je comptais pour voir s'il avait bien dix doigts et dix orteils, souriant malgré ma fatigue. En pleine santé, mon joueur de football...

Il était le plus beau, avec son petit visage de nouveau-né tout fripé. Ses menottes et ses pleurs d'enfant m'emplissaient d'une tendresse toute maternelle, qui valait bien que je le porte neuf mois durant. Contemplant ce trésor de tous mes yeux, je savais à présent que j'avais pris la bonne décision. Il s'appellerait Alexandre. Alexandre Deschênes. Et ça resterait mon fils, même si je mourais et même si je ne pouvais pas être sa mère.

J'ai regardé Alexis, qui me renvoyait un sourire rayonnant de bonheur. Vincent a déposé un baiser sur mon front, me félicitant à son tour. Et Gabrielle a fondu en larmes, pour que je l'accompagne.

Ce fut le plus beau jour de toute ma vie. Le seul que je ne regretterais vraiment jamais. Parce qu'on a toujours des reproches à faire aux jours passés. Celui-là incarnait la perfection, le bonheur véritable. Tout pouvait arriver, maintenant. Même la mort. J'étais prête à y faire face.

Le regardant à nouveau, j'ai retrouvé assez de force pour lui adresser mes premiers mots.

— Bonjour, mon poussin. Je t'aime, tu sais.

*Come rosa inaridita, ella sta fra morte e vita...* Telle une rose fanée, elle semble entre la vie et la mort...
*Lucia di Lammermoor.*

# Décembre

Je suis morte. Ce n'est qu'une constatation monotone, que je fais en attendant de ne même plus pouvoir le dire. J'attends avec la sagesse que me confère mon état que la Vie s'en aille de moi, enfin.

C'est bien, ils ont rallongé ma présence sur Terre. Dix ans. Des années de souffrances, à avoir envie de mourir. Mais ils m'ont tout de même maintenue en vie, avec tous leurs médicaments. Avec ces chambres d'hôpital blanches et aseptisées. À m'empêcher de voir ceux que j'aimais de peur qu'ils ne me filent un microbe. Bordel. J'aurais quitté ce monde avant, mais j'aurais du moins été heureuse.

Je suis vieille, déjà, après vingt-huit longs hivers. Et je suis laide, qui plus est. Bariolée de taches violettes; un microbe vivant. Comment puis-je accepter cette atrocité que je suis devenue, au fait? J'aurais préféré mourir belle, et ce n'est pas de la vantardise. Loin de là. Tout est beau, à côté de mon cadavre.

Ils m'ont dit qu'ils avaient trouvé un remède. Pas trop tôt. Moi, je sais qu'il est trop tard. Je n'ai plus la force de lutter, de combattre ce cancer qui me gruge les poumons. J'abrégerai mes douleurs pour ne plus rien sentir, enfin. Ni ces regards chargés de dégoût que l'on pose sur moi, ni l'amertume qui me ronge depuis trop longtemps.

Alexandre grandit bien, grandit vite. Il est beau et robuste, et il m'aime tendrement. Heureusement.

C'est la veille de Noël, ce soir. On a décoré ma chambre de rouge et de vert; cela produit un très joli effet. Et il y a de la neige qui tombe, qui me donne envie de me lever pour regarder à la fenêtre. Blanche et duveteuse, comme du coton. Quand mon fils est venu, ce soir, il avait les joues rosies par le froid, et le sourire d'un ange. Alexis et Vincent sont venus aussi, comme autrefois. Ils ont fait semblant que c'était amusant de fêter Noël dans une chambre d'hôpital, alors qu'ils auraient pu être près du sapin allumé, à distribuer les cadeaux. Ils ont joué à faire semblant, juste pour moi. Semblant de quoi, je ne sais pas. Semblant que je n'étais pas malade, peut-être.

Mais cette chambre d'hôpital ne remplacera jamais la chaleur des réveillons que l'on préparait ensemble, jadis. Allez, maudite maladie, finis-en donc avec moi, qu'ils puissent enfin être libérés du fardeau que je suis.

# Janvier

*Cher Alexis,*
*À la veille de ma mort, j'estime venu le moment de faire mes dernières volontés. Ce cahier que je te donne appartient en fait à Alexandre depuis très longtemps. Ce sont là toutes mes pensées que je lui dédie, concernant ma maladie, mes impressions et mes sentiments. Je ne t'accorde même pas le droit d'y jeter un coup d'œil, car il parle de toi et il y a certaines choses que je ne veux pas que tu saches pour le moment. Mon fils te les dira en temps et lieu, c'est promis.*

*Je te remercie, Alexis, d'avoir accepté d'être son père et d'avoir su si merveilleusement t'acquitter du rôle. Cela rachète quelques-unes des nombreuses erreurs que tu as commises dans ta vie.*

*Remercie aussi Vincent et Gabrielle pour tout ce qu'ils ont fait pour moi et mon enfant, car sans eux c'est certainement un enfer que j'aurais vécu.*

*J'aimerais que tu lui donnes tout ceci le jour de ses dix-huit ans, car c'est effectivement à cette date que, dix ans plus tôt, tout a chaviré, que tout s'est enchaîné... Ce qui s'est passé avant n'était au fond que le prélude d'une longue marche qui m'a menée jusqu'ici. Je ne regrette rien, tu sais...*
*Affectueusement,*
*SARAH.*

*Bonjour, petit poussin! Non, pardon. Bonjour, Alexandre.*
*Je t'écris une dernière fois, puisqu'au fond je crois qu'un jour viendra où tu voudras savoir qui était ta mère. Et ce, quels que soient les sentiments que je puisse t'inspirer.*

*Désormais âgé de dix ans, tu es le plus ravissant des petits garçons qui existent sur terre. De grands yeux noir charbon, pareils à ceux de Mathieu. Les cheveux de la même couleur, mais qui, je crois, auront tendance à pâlir avec le temps. Tu es timide, presque trop pour un enfant de ton âge. Tu poses sur la vie un regard songeur, comme si tu te demandais à quoi sert tout ce manège.*

*Je suis tombée, l'autre jour, sur la dernière lettre que je t'avais écrite avant que tu ne voies le jour. Elle m'a fait sourire, paradoxalement, au travers des larmes que je n'ai pas pu retenir. Tout en étant parfaitement consciente du fait indéniable que j'allais mourir, je me rappelle avoir vécu dans les premiers temps comme dans un film où il ne me semblait être que l'actrice principale, qui attend de recevoir son cachet. Le mien était élevé, et le film avait pour titre* La Mort.

*Comme toute adolescente de dix-huit ans, je n'avais pas ma maladie comme priorité immédiate. Elle existait, mais puisque je ne pouvais ni la voir ni la palper, je la laissais dormir en paix. Alexis était tellement plus important, tellement plus beau!*

*J'avais peur, aussi, de ce que tu serais, de ce que tu deviendrais.*

*Aujourd'hui, alors que la Fin chaque jour se rapproche de moi, je remercie à chaque instant le ciel de m'avoir donné cette chance unique de t'avoir à mes côtés. Je t'écris de mon dernier lit, d'où on ne me donne même plus le droit de sortir pour aller te voir, cher Alexandre. Je suis à l'agonie, et pourtant je suis heureuse quand je pense à toi.*

*C'est un peu drôle de constater que je réaliserai le rêve de tous les enfants qui, à ton image, ont pour famille des lambeaux éparpillés. Je m'en vais rejoindre ton père, ce Mathieu avec qui j'unirai finalement ma destinée.*

*Je ne te raconterai pas mes souffrances, car je sais que d'autres le feront pour moi. Le sida, je crois te l'avoir déjà dit, est une maladie sournoise qui nous prend un bon jour et qui ne nous lâche plus. La séropositivité, quant à elle, relève beaucoup plus de la peur de nous-mêmes que de la souffrance en tant que telle, car apprendre que nos heures sont comptées semble bien plus terrible que de savoir que nous allons tous mourir un jour. On espère toujours vivre vieux, sans pourtant vivre dans la crainte de se faire frapper par un autobus.*

*Les chercheurs ont enfin trouvé un remède contre le sida, s'il est pris pendant la séropositivité. Je suis contente de l'apprendre, même si cela ne change rien pour moi. Toutes ces morts inutiles, toutes ces précautions qu'il faut prendre n'existeront plus, enfin. Tu pourras faire l'amour bien mieux que moi, et bâtir quelque chose de plus solide qu'un château de cartes.*

*Bien plus qu'une histoire d'amour, je veux que tu saches que ce cahier que je te laisse est un témoignage de Vie.*

*Vincent restera à jamais mon meilleur ami, même si je sais qu'il n'a pas tout compris. Il est amoureux d'Alexis depuis toutes ces années, comme moi. Sans qu'il m'en ait jamais fait part, j'ai deviné. Je n'ai aucun mérite; il y a des signes qui ne trompent pas. Ce regard, plus liquide que de la neige au soleil, qu'il posait sur lui chaque fois qu'Alexis regardait ailleurs. Ce regard triste et limpide qu'il arborait le soir, quand il n'arrivait pas à trouver le sommeil. Je ne lui en ai jamais tenu rigueur, même si j'aurais voulu lui demander pourquoi. Cher Vincent, tu l'auras pourtant aidé à être heureux, parce que sans toi il aurait été perdu, comme une âme esseulée...*

*De Gabrielle, je ne sais que dire. Cette amie, cette merveilleuse amie qui fut toujours là pour moi, finira sans doute avec lui. Et ce sera à cause de moi, alors que j'aurais tant voulu qu'il m'appartienne au moins un peu. Elle sera une meilleure mère que moi, j'en suis sûre.*

*Alexis lui-même ne saura jamais quels sentiments il savait si bien nous faire vivre, car je n'aurais jamais voulu les laisser transparaître devant lui. Quand tu liras ces lignes, j'imagine que tu pourras aisément comprendre tout ceci. Aujourd'hui cela me semble un peu difficile, puisque ton père (Alexis) est pour toi un modèle d'héroïsme et de bonheur.*

*Tu conviendras que j'aurai bien joué la comédie, pendant toutes ces années... Il dormait dans la même maison que* moi, élevait le même enfant que moi, avait le même meilleur ami que moi! Il disait me connaître, et il n'avait aucune idée de l'amour que j'éprouvais pour lui. Quand j'y pense, pourtant, je crois maintenant qu'il y a certaines choses que je pourrais changer. Comme, par exemple, ce maudit orgueil qui m'a empêché de tout lui avouer, simplement parce que j'avais peur de le laisser gagner. Je te vois bien faire le fanfaron, Alexandre, mais si tu savais comme l'orgueil a fini par me tuer, plus que tout autre!

J'ai gardé en moi ce romantisme d'adolescence qui ne m'a pas fait faire que des belles choses. Mais la vie, en soi, n'est pas faite pour n'être que belle. L'adolescence, Alexandre, c'est l'enfant en nous-même qui ne s'est pas encore endormi alors même que l'adulte tente de prendre les devants. Ne le laisse jamais totalement grandir, de peur de devenir fade et gris.

À l'heure où je t'écris, c'est du Alexis du tout début dont je parle. Celui-là même qui était le plus beau, le plus fort et le plus doux à la fois. Celui qui m'appelait sa Petite Rose, et qui croyait si mal à ses ambitions... Il aurait mieux valu, pour lui, de ne jamais m'avoir connue. Ainsi ne lui aurait-il pas fallu apprendre à deviner, comprendre et accepter les étrangetés d'une femme en devenir. Je l'ai aimé d'un terrible amour, si solide et si fragile à la fois! Dans la froideur de mon masque d'apparence se cachait pour toujours le brasier de mes yeux, que j'aurais voulu lui dédier pour qu'il en fasse sa devise. Mais puisqu'il ne va savoir tout cela que dans bien longtemps, j'aimerais encore mieux qu'il se souvienne de tout ce qu'on a été quand on a vécu. Moi je ne vivais plus, quand il était loin de tout ce qui faisait qu'on était heureux.

Il ne sera pas surpris d'apprendre que je l'aurai aimé jusqu'au bout, j'imagine. Il me regardait, quelquefois, et nos yeux l'espace d'un instant se croisaient et oubliaient le temps, les fausses promesses. Alexis...

Il n'a jamais su que Vincent était homosexuel, et je m'en veux déjà de penser qu'après avoir lu tout ceci, il ne le verra *plus avec les mêmes yeux. Alexis s'est toujours considéré comme un Homme, lui.*

*Tu grandiras, toi aussi, et tu apprendras à m'en vouloir de vous avoir abandonnés, toi et Alexis. Et Vincent aussi, peut-être. Je n'ai pas le cœur à m'excuser, plus maintenant alors que le mal est fait.*

*Je meurs, sous tes yeux. Tu vois ma main qui tremble, sur le papier? Et mes larmes, sur l'encre qui déteint? Elles sont pour toi, Alexandre. Je te les donne, parce que je ne peux pas te donner autre chose. Je te donne aussi ma vie, et je te demande de la vivre autrement que la mienne. Et je te remercie d'avoir fait tes premiers pas et d'avoir dit « Maman », avant que je fiche le camp.*

*Pourquoi, Alexandre, pourquoi? Pourquoi moi, pourquoi moi alors que je t'aimais tellement! Je t'ai aimé dès le premier jour, dès l'instant où j'ai su que tu existais au fond de mes entrailles. Je me suis dit, après t'avoir tenu pour la première fois dans mes bras, que la vie valait la peine d'être vécue, aussi courte qu'elle puisse être. Mais la Mort aurait dû venir avant, avant que je m'attache trop au petit bout de cul que tu es devenu. J'en veux à la Vie pour ce coup bien bas, qu'elle t'inflige encore plus qu'à moi.*

*Ton père, c'est Alexis. Mathieu n'a jamais existé, puisqu'il est mort avant d'avoir vécu. Et c'est aussi bien comme ça, crois-moi...*

*Il est temps de tirer ma révérence, je crois. Mais c'est dommage de mourir en blanc, dans cette chambre d'hôpital; et sans toi, surtout. J'aurais voulu mourir en rose, et t'appeler « mon poussin » une dernière fois. Et dire à Alexis combien je l'aime.*

*Il y a une musique qui joue, dans ma tête. Avec beaucoup de piano, de douceur. Elle est très triste, la musique. La pianiste aussi. Elle joue ma Vie.*

*Rien n'arrive jamais comme il faudrait, ici.*

*Bonne nuit, Alexandre.*

# Épilogue

Alexis et Vincent n'osèrent pas se regarder, en tout hommes qu'ils étaient. Sarah, pour tout dire, avait été amoureuse de la mélancolie. Cela formait une auréole, autour d'elle, un halo de tristesse qu'elle gardait pour elle seule. Sarah ne pleurait pas, mais donnait envie de pleurer.

Dehors, une neige fine tombait, comme si elle était gênée de troubler le silence presque opaque de la pièce où, depuis quelques instants, ils avaient terminé la lecture de la lettre posthume de Sarah. Cette dernière aurait justement adoré le paysage d'une blancheur rosâtre qu'offrait la grande fenêtre du salon, et ils y pensaient tous.

Vincent, les larmes au bord des yeux et la rage au cœur, en voulait à Sarah d'avoir deviné son secret. Et de l'avoir dévoilé devant lui. Si elle avait pu apparaître, juste quelques minutes, il lui aurait certainement dit sa façon de penser... Puis ils auraient fini par en rire, comme chaque fois qu'ils se disputaient. Et il lui aurait donné raison, simplement pour entendre son rire clair et sonore, qui coulait comme une cascade. Il lui aurait demandé un baiser sur la joue, qu'elle lui aurait donné en maugréant. Ou en faisant semblant de maugréer. Il lui en voulait de ne pas être là.

Alexis restait prostré sur le divan, comme un félin, lui que tous ces aveux concernaient directement. Il fixait sans les voir tous ces flocons molletonneux qui avaient pris un tout autre sens, autrefois. Mais Sarah s'était enfuie; elle s'était bâti un château fort où il ne pouvait pénétrer sans sa permission. Elle était partie et avait oublié de lui dire au revoir, à lui. Elle n'était plus là pour l'écouter simplement parler, comme il adorait qu'elle le fasse. Un con, un jour, lui avait volé sa virginité et ses illusions. Elle disait que non, mais elle avait changé toute sa vie pour ce con. Et elle ne lui avait pas fait confiance, à lui. Pourquoi, bon Dieu! Il l'aurait pourtant aimée de toutes ses forces, il l'aurait mariée s'il l'avait fallu. Mais il était parti, avant elle d'une certaine façon. Il avait échappé son cœur et l'avait brisé en mille morceaux, s'apercevant trop tard de son erreur. Sarah ne lui avait jamais donné de seconde chance, à lui. Parce qu'elle en avait trop donné à ce con, probablement.

Alexis fit une grimace de douleur, et donna un coup de pied droit devant lui. Un pot de fleurs tomba, mais personne n'esquissa même un geste pour aller le ramasser.

— Maudit orgueil, Sarah Lévesque! T'aurais pu m'attendre, au moins...

Il oublia que d'autres l'écoutaient, et se livra une guerre avec lui-même et le fantôme de celle qu'il avait tendrement aimée.

— Je suis mort, maintenant. Comme toi, même si je suis encore sur Terre. Mais je n'arriverai jamais à comprendre pourquoi tu lui as pardonné, à lui. Il t'a mise enceinte, il t'a donné cette saloperie de maladie, il t'a fait souffrir et tu lui as pardonné. Moi, je t'aimais, et tu es partie sans me dire au revoir...

Il s'arrêta net, sa voix étant coupée par un flot de

larmes qu'il ne put interrompre. Alexandre s'approcha, et mit timidement sa main sur son épaule.

Lui aussi aurait voulu comprendre, hier ou encore ce matin, mais il ne voulait plus maintenant. Sa mère avait été quelqu'un de bien, il en était certain. Il fallait la laisser mourir une fois pour toutes, et se souvenir seulement de tout l'amour qu'elle réprimait. Car il était impossible qu'elle l'ait emporté avec elle, c'était bien trop lourd et si éparse... Non, Alexandre savait qu'elle le leur donnait chaque jour avec autant d'énergie que si elle était vivante, et plus encore puisqu'elle ne souffrait plus.

Alexis et Vincent avaient oublié, eux. Ces longues semaines qu'elle passait à subir divers tests à l'hôpital, cette attente figeante des résultats que l'on savait trop souvent mauvais... Elle était morte d'une infection dont Alexandre ne se souvenait plus le nom. Il était trop petit, alors. Mais, par contre, il se souvenait fort bien du temps qu'il passait avec elle, dans sa chambre. Elle l'appelait son « petit poussin », comme dans les lettres.

La dernière fois qu'il l'avait vue, il n'avait pas eu le droit de rester très longtemps. Elle n'avait pas voulu. Mais elle lui avait dit qu'elle l'aimait, et que c'était la seule chose dont il fallait se souvenir. On était venu lui dire, le lendemain matin, que sa maman s'était endormie pour toujours. Elle avait, paraît-il, un étrange sourire sur les lèvres. Comme si, avant de mourir, elle s'était rappelé une bonne blague qu'on lui avait un jour racontée. Le premier sourire sincère qu'on lui ait jamais connu. Sa plus grande joie, sur cette terre, avait été de mourir, aussi étrange que cela puisse paraître.

Elle avait noté, sur des bouts de feuilles qu'elle jetait

n'importe où, certaines des impressions qui l'avaient traversée, au cours de sa minuscule vie. Des fragments de tristesse, de hargne qu'elle gribouillait sans y penser. Probablement.

Alexandre était son fils, son ombre. Et il voulait que l'on sache quel être humain sa mère avait été. Plus encore, il voulait savoir lui-même qui elle avait été. Ses souvenirs à lui étaient maigres et peu consistants, car on avait tellement insisté sur l'aspect « normal » que devait avoir son éducation... Puis, un soir, il s'était assis devant un cahier « spirale ». Qui était devenu, au fil des jours, des semaines, son meilleur ami. Il s'était glissé dans la peau de Sarah comme si elle avait été là, devant lui, et qu'elle lui ait raconté tout cela. Il avait écrit, à partir de presque rien, l'ultime vérité. Celle dont il avait besoin pour continuer de vivre.

Le reste, il s'en fichait comme d'une guigne. Car sans mère, on n'existe pas. Sans mère, on baigne dans une mer d'incertitude. Et Sarah était la meilleure comédienne qu'il lui fût donné de rencontrer. Elle était parvenue à faire croire qu'elle était dure, insensible, forte. Et Alexis avait cru qu'elle ne l'aimait plus.

Sa rage, elle avait voulu la garder pour elle. Sa volonté, ses rêves, ses secrets, elle ne les avait partagés avec personne. Pas même Vincent, parce qu'il était amoureux de celui qui la hantait. Et pas Gabrielle non plus, pour la même raison. Sarah avait mené sa barque seule, du début à la fin. Sans parents, sans amis, sans amour. C'était inconcevable, certes, mais c'était la vérité. Le seul être qu'elle s'était permis d'aimer publiquement était lui, Alexandre. Parce qu'Angéline était morte trop tôt. Et que Mathieu n'avait rien compris.

Peut-être garderait-il finalement tout cela pour lui. Rien ne prouvait que cela pouvait intéresser qui que ce soit d'autre, en fait. Alexandre s'imaginait que l'égoïsme de la race humaine faisait qu'on ne voulait toujours entendre que les histoires dont on faisait partie. Seulement, c'était bien dommage. L'histoire de Sarah, bien que beaucoup trop courte, était un hymne puissant à la vie. Qu'il voulait lui dédier, ainsi qu'à tous ceux qui, comme lui, l'avaient aimée.

Maintenant, tout avait changé. On ne l'avait jamais complètement enterrée, et sans doute chacun, dans cette maison, avait-il chaque matin une pensée pour elle. Mais on avait continué de vivre, parce qu'il le fallait bien. Alexis s'était marié avec Gabrielle, et elle était enceinte de cinq mois et demi. Vincent avait toujours son appartement, au centre-ville, et sortait avec un gars depuis bientôt un an. Il venait régulièrement les visiter, même si son regard, en se posant sur Alexis, prenait parfois des allures douces amères. Alexandre entrerait sous peu à l'université, faire ses études en médecine. Il voulait surtout aider les patients en phase terminale à franchir le cap de la mort sans trop de souffrances.

Il enleva sa main de sur l'épaule de son père, et contempla à son tour le mystère de l'hiver qui s'installait. Subitement, sous le coup d'une impulsion, il décrocha son manteau, qu'il mit à la hâte et sans prendre le temps de boutonner. Il sortit à peine cinq minutes, le temps de passer chez le fleuriste. Son père, qui semblait toujours sous le choc des dernières déclarations, le regarda sans comprendre.

— Quel jour sommes-nous, pour que tu apportes une rose? Aurais-je oublié un anniversaire, un événement particulier?

— Tu ne vois pas, papa? C'est maman, qui veille sur nous...

Vincent se retourna lui aussi, trouvant réconfortante cette présence muette et bienfaisante.

Alexis, pour sa part, se remémora un après-midi pluvieux de mars, alors qu'une jolie fille qui ne se souvenait même plus de son nom recevait un bouquet de roses qui ne provenait même pas de lui...

— Petite Rose... murmura-t-il pour lui-même en sachant fort bien que c'étaient ses adieux qu'il lui faisait.

**DISTRIBUTEURS EXCLUSIFS**

*Distributeur pour le Canada et les États-Unis*
LES MESSAGERIES ADP
MONTRÉAL (Canada)
Téléphone: (514) 523-1182 ou 1 800 361-4806
Télécopieur: (514) 521-4434

*Distributeur pour la Suisse*
TRANSAT S.A.
GENÈVE
Téléphone: 022/342 77 40
Télécopieur: 022/343 46 46

*Distributeur pour la France et les autres pays européens*
HISTOIRE ET DOCUMENTS
CHENNEVIÈRES-SUR-MARNE (France)
Téléphone: (01) 45 76 77 41
Télécopieur: (01) 45 93 34 70

*Dépôts légaux*
2ᵉ trimestre 2000
Bibliothèque nationale du Canada
Bibliothèque nationale du Québec